KB072689

天魔神敎
洛陽支部

천마신교
낙양지부

천마신교 낙양지부 8

정보석 新무협 판타지 소설

초판 1쇄 찍은 날 § 2017년 12월 7일
초판 1쇄 펴낸 날 § 2017년 12월 14일

지은이 § 정보석
펴낸이 § 서경석

편집책임 § 이선근
편집 § 김슬기

펴낸곳 § 도서출판 청어람
등록번호 § 제387-1999-000006호
등록일자 § 1999. 5. 31
어람번호 § 제2-2735호

주소 § 경기도 부천시 부일로 483번길 40 서경B/D 3F (우) 14640
전화 § 032-656-4452 팩스 § 032-656-4453
http://www.chungeoram.com
E-mail § chungeorambook@daum.net

ISBN 979-11-316-91570-3 04810
ISBN 979-11-316-91369-3 (세트)

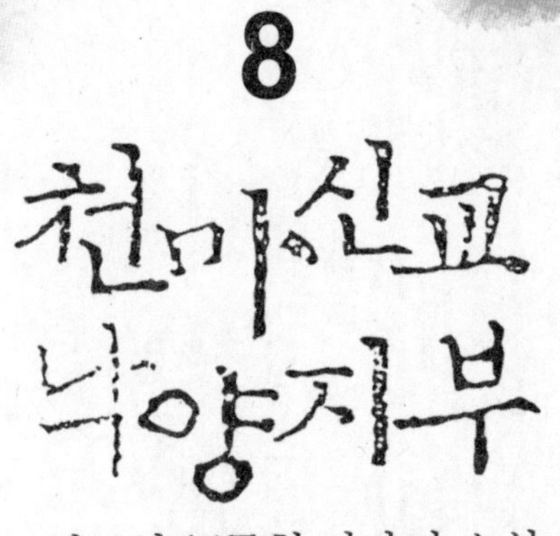

정보석 新무협 판타지 소설

FANTASTIC ORIENTAL HEROES

天魔神教
洛陽支部

天魔神教
洛陽支部
천마신교
낙양지부

目次

제삼십육장(第三十六章)

"형님, 잘 오셨습니다. 그런데 그자는 외부인이 아닙니까?"

"그렇다. 천마신교에서 오신 분이다."

"아무리 형님이시라지만 가법을 어길 순 없습니다. 어찌 외부인을 본가에 들인단 말입니까?"

"어르신들을 직접 뵈어야 하기 때문이다. 길을 열어라. 내가 어르신들을 뵙고 말씀드리겠다."

"……."

청년은 침묵을 고수할 뿐 움직이지 않았다. 그러자 무영비주는 서릿발 선 냉혹한 눈동자로 그를 응시했다.

"진아. 내 말이 들리지 않느냐?"

청년은 마지못해 몸을 돌렸다. 무영비주가 내력을 일으켜 경공을 펼치려 하자 피월려가 그것을 눈치채고 서둘러 말했다.

"절벽까진 괜찮았지만 여긴 솔직히 불가능해."

무영비주는 얼굴을 돌렸다.

"무슨 말이지?"

피월려는 시선을 회피하며 중얼거렸다.

"난 아는 경공이 없어."

"……."

"저 날카로운 석순을 타고 갈 능력이 없다. 그렇다고 저 호수 위를 헤엄치기도 싫은데."

무영비주는 한심하다는 눈빛으로 그를 보다가 곧 피식 웃으며 몸을 띄웠다.

"그거야 내 사정이 아니지."

탁. 탁. 탁.

무심한 무영비주는 멀어져만 갔다.

피월려는 헛기침을 몇 번씩이나 하며 옆에 있는 청년 고수를 보았다. 그러고는 어색한 미소를 지어 보였는데, 그 청년 고수 또한 그를 철저히 무시하며 경공을 펼쳐 집채로 가버렸다.

"빌어먹을."

그는 욕설을 내뱉으며 몸을 던졌다.

풍덩.

떨어진 피월려는 호수 위로 고개를 내밀었다. 뼛속까지 시리는 차가움에 극양혈마공을 운용하며 헤엄을 쳤다. 동굴의 물이라서 그런지 뭔가 끈적거리는 기분도 들고, 갑자기 아래로 빨려 들어갈 것 같은 걱정도 들었다.

일각 정도를 투덜거리며 수영해서야 집채 앞에 도착할 수 있었다. 가까이서 보니 넓적한 종유석을 기둥 삼아 호수 위에 집을 지은 것처럼 보였다. 그러다 보니 마루의 높이가 호수의 수면보다 훨씬 높아 피월려가 손으로 짚을 수 있는 곳이 없었다.

그는 미끄러운 석순 하나에 매달려서 안간힘을 써 기어올라 갔다. 그리고 양팔과 다리에 내력을 집중하여 훌쩍 뛰었다. 그렇게 대청 위로 떨어진 그는 몇 바퀴를 구르면서 착지했는데, 그가 구른 자리는 물로 흠뻑 젖어 들어갔다.

무영비주는 이미 안으로 들어간 듯 보였고, 대청 문 앞에는 그 젊은 청년만이 서 있었다. 그는 언제라도 무영비를 출수할 듯한 살기를 내비치면서도 한편으로는 피월려를 향한 동정을 숨기지 않았다.

"젠장."

피월려는 극양혈마공을 운용하여 열기를 몸으로 뿜었다.

그러자 젖은 옷에서 하얀 수증기가 뿜어져 나오기 시작했다. 그렇게 몸을 말린 피월려는 가래를 잔뜩 모아 탁 하고 호수에 뱉었다.

"카악— 퉤!"

그리곤 청년을 날카롭게 쳐다봤는데 그것은 일종의 불만 표시였다. 하지만 청년은 아랑곳하지 않고 그를 경계할 뿐이었다.

피월려가 말했다.

"무영비주는 어디 갔지?"

그 청년이 대답했다.

"안에 들어갔소. 그런데 진정 천마신교의 마인이 맞으시오?"

"뭐? 왜?"

"천마신교의 마인이 경공 하나 펼칠 줄 모른다는 것이 이해가 가질 않소."

"……."

"하여간 그곳에서 섣불리 움직이지 마시오. 그랬다간 즉시 무영비를 출수하겠소."

"걱정 마. 그런데 너와 무영비주 말고는 무영비를 다룰 수 있는 사람이 없나? 비도혈문의 가세가 그리 기운 건가?"

"형님과 나 이외의 무영비주는 모두 밖에서 활동하고 있소.

그러니 걱정하지 마시오."

"그래? 뭐, 그렇겠지."

피월려는 대답하고 돌아앉았다. 무영비주를 기다려야 하는데 그 청년과는 더 할 이야기도 없고 할 일도 없었기 때문이다.

그는 완전히 무방비한 상태로 마루에 걸터앉았다. 그리고 마치 휴식처에서 명관을 즐기듯 편안한 자세로 동굴 안을 구경했다.

시각적인 아름다움도 아름다움이지만 연속으로 물방울이 떨어지는 소리와 아래로 흐르는 물소리가 귀를 편안하게 만들었다.

눈을 감고 있으면 이상하게 마음이 차분해지며 몸의 기운이 안정되는 느낌이었다.

피월려는 기감을 활성화시켜 동굴의 전체적인 기운을 받아들였다. 그러자 마음이 상쾌해지는 음기가 빠르게 마음에 젖어드는 것을 느낄 수 있었다. 그것은 부드럽고 편안한 음기였다.

그는 왜 무영비주가 이곳에 본가를 세웠는지 알 것 같았다. 마공의 부작용으로 고생하는 어른들을 보필하기 위해선 이런 자연적인 음기가 필요할 것이기 때문이다.

극양혈마공으로 생성한 양기처럼 인위적으로 만든 것과는

성질이 전혀 달라 매우 온순했다. 덕분에 극양혈마공의 양기와도 쉽게 조화를 이루었다. 항상 양기가 넘치는 피월려의 입장에서는 이곳만큼 극양혈마공을 다스리기 좋은 곳을 생각하기 어려웠다.

그래서 의문이 든다.

"비도혈문의 마공은 양기가 주된 마공인가?"

피월려의 목소리는 독백을 한다고 하기에는 너무 컸다. 청년은 그를 보며 경고했다.

"비도혈문에 대해서 알게 되면 알게 될수록 외부인인 그대에게 좋을 것이 없소."

피월려는 미소를 지었지만 그 청년은 볼 수 없었다. 청년이 말을 이었다.

"아시리라 믿지만 혹시 몰라 말씀드리겠소. 만약 어르신들께서 허락하지 않으신다면 가법에 의해서 그대를 죽여야 하오. 경공을 펼치지 못하는 그대는 여기서 빠져나갈 방도가 없으니 꼼짝없이 목숨을 내놓아야 할 것이오."

피월려는 나지막한 목소리로 말했다.

"이미 많은 것을 알아. 그렇게 말하는 것은 더 이상 의미가 없다."

"잘 알고 계시군."

"그러니 내게 대답해 주어도 상관없지 않나?"

"무엇을 말이오?"

"비도혈문의 마공에 대해서 말이야. 어차피 나는 네 본가의 위치를 아는 사람. 좀 더 안다고 해서 변하는 것은 없지."

청년은 대답하지 않다가 나지막하게 물었다.

"왜 그것이 궁금하시오?"

"내가 익힌 마공은 극양혈마공이다. 이름만 들어도 알겠지만 양에 매우 치우친 마공이지. 그러니 마공과 음양에 관한 것이라면 무엇이라도 듣고 싶다."

"과연……. 아까 몸의 물기를 단번에 수증기로 날려 버리는 것을 보고 짐작했었소."

"그렇다면 말이 통하겠군. 내 의도는 순수하다. 나도 너와 네 어르신들과 같은 처지야. 그러니 서로 최대한 많은 정보를 공유했으면 하는군. 적어도 마공과 음양에 대해선 말이야."

"……."

"너나 나나 언젠간 심각한 문제가 될 테니까."

짧은 침묵에 피월려는 고개를 돌려 청년을 보았다. 청년은 고개를 살짝 숙이고 마루를 쳐다보며 깊이 고민하는 듯했다.

곧 청년이 피월려를 마주보았다.

"좋소. 다만 내가 먼저 묻겠소."

"말해라."

"극양혈마공은 어떤 식으로 대기(大氣)를 흡수하오?"

피월려는 살포시 턱을 쓸었다.

"어려운 질문이군. 짧게 말하면, 광기(狂氣)로 대기를 성나게 만들어서 음과 양을 서로 반목하게 한 뒤 양기를 몸 쪽으로 끌어들인다."

"흡수하는 것이 양기라는 것만 제외하면 그것은 모든 마공의 기본이 아니오?"

피월려는 설마 청년이 단번에 이해할 줄은 몰랐다. 청년은 그 나이에 비해서 꽤 큰 지혜를 가진 것이 틀림없었다.

피월려가 다시 대답했다.

"맞다. 그러나 극양혈마공은 정말로 그것이 다다. 단지 연쇄적으로 행할 뿐이지. 그래서 이름도 간단한 것이다."

청년은 기가 막힌다는 듯 말했다.

"정말로 무식하기 짝이 없소. 그러면 몸에 쌓이는 건……."

피월려가 말을 잘랐다.

"양기 그 자체, 그것뿐이다. 그것도 성질이 고약해진 녀석으로 말이야."

청년은 고개를 저었다.

"야생의 기운이 그대로 몸에 들어오는 것 아니오? 아니, 전혀 길들이지 않으니 그보다 더한 것이오. 그걸 진정시키는 것은 불가능하오."

“진정시키는 방법이 있다. 음양합일이지.”

“……”

“크크크. 네가 생각해도 걸작이지?”

“천마신교의 마공답다는 생각을 했소.”

피월려는 어깨를 들썩였다.

“원하는 대답을 얻었나?”

청년은 고개를 끄덕였다.

“얻었소. 음양합일이라니, 생각하지 못했던 것이오.”

“그럼 내가 질문해도 될까?”

“물으시오.”

“비도혈문의 마공은 음양 중 무엇이 주를 이루고 있지? 양인가?”

“귀섭마공(鬼攝魔功)은 음양의 이치와는 동떨어져 있는 마공이오.”

“뭐?”

“음양의 관점으로만 놓고 보면 귀섭마공(鬼攝魔功)은 평범한 것이오.”

“그러면 왜 이런 음기가 가득한 공간이 필요한 것인데?”

“음기가 가득한 곳에는 귀기(鬼氣)를 모으기 쉽고 또한 귀기가 잠잠해지기 때문이오.”

“귀기라……. 들어본 적이 없어.”

"귀섭마공의 주가 되는 기운이오."

"정의(定義)가 뭔데?"

탁!

피월려가 질문하는 순간 무영비주가 방문을 열었다. 그는 무표정한 얼굴로 걸어 나오며 말했다.

"본가의 마공 구결까지 알려줄 순 없다, 피월려. 그리고 진아, 왜 본가의 마공에 대해서 외부인에게 말해준 것이냐?"

"어차피 이자는 본가의 위치를 압니다. 이 정도는 상관없다고 판단하여……."

"그는 심계가 심히 깊은 자다. 극히 작은 것으로도 모든 것을 알아낼 능력이 있어."

"……."

무영비주의 목소리는 크지 않았지만, 그가 화를 내고 있다는 것은 누구라도 짐작할 수 있었다. 청년은 고개를 푹 숙이고 자세를 공손히 했다.

무영비주는 청년의 어깨를 툭툭 치면서 한결 부드러운 목소리로 말했다.

"방금 전 대화를 머릿속으로 생각해 보고, 이자가 너로 하여금 어떻게 비밀을 실토하게 만들었는지 고민해 봐라. 말 한 마디, 한 마디를 되새기며 네 마음을 어떻게 어지럽혔는지, 네 심리를 어떻게 자극했는지 그 모든 것을 파악해라. 내일 아침에 그것에 대해서 논하도록 하자."

"아, 알겠습니다."

"심계는 하루아침에 공부할 수 있는 것이 아니다. 무공보다 더 어려운 것이다. 무공을 연마하듯 생각을 깊이 해라."

"예."

피월려는 비웃음을 숨기지 않으며 무영비주에게 말했다.

"당사자를 앞에 두고 무슨 말이야? 내가 뭘 어쨌다고."

무영비주는 서늘한 눈길로 그를 돌아보며 말했다.

"난 내 동생에게 가르침을 내린 것뿐이다."

"진짜 심계에 대해서 가르치고 싶다면, 내력을 완전히 봉한 뒤에 본가에서 내쫓아 홀로 무림 생활을 하게 두면 돼. 한 오 년 정도 지나면 썩 쓸 만해질걸. 물론 그 전에 죽지 않는다는 가정이 필요하겠지만."

"쓸데없는 소리는 그만하지. 어르신들께서 답을 주셨다."

피월려는 비웃음을 능글맞은 미소로 바꾸었다.

"본 교에 입교하겠다고 하지? 응? 아니면, 벌써 무영비를 출수했겠지."

무영비주는 담담하게 대답했다.

"그렇다."

"후우… 좋아. 여기까진 됐군."

피월려는 깊이 안도하며 숨을 길게 내쉬었다. 그 모습을 보던 무영비주는 한 가지 걸리는 것이 있어 물었다.

"여기까지라니? 뭐가 더 있나?"

"아아……. 곧 알게 될 거야. 그나저나 문방사보(文房四寶) 좀 가져다줘."

"갑자기 왜?"

"본 교와 손을 잡을 시, 본 교에서 비도혈문에 마공 하나를 선물하기로 했잖아."

"그런데?"

"서책을 품에 넣어 왔다가는 그냥 뺏길 것 같아서 통째로 외워왔어."

"……."

"그렇게 보지 말고. 적는 데 반 시진에서 한 시진이면 되니까."

무영비주는 의심스러운 눈빛으로 피월려를 직시하다가 청년에게 턱으로 지시했다. 그러자 청년은 방에 들어가 문방사보를 가지고 와서 피월려 앞에 두었다.

피월려는 붓을 들고 구결을 적기 시작했다.

무영비주는 첫 글자를 읽으며 물었다.

"주음포귀마공(主陰咆鬼魔功)? 그것이 귀섭마공을 진정시킬 수 있나?"

피월려는 부드러운 손놀림을 멈추지 않으며 말했다.

"수섭음공(手攝陰功)이 귀섭마공이 되었을 때 추가된 마공의 뿌리는 주음마공(主陰魔功)이라고 네가 지부장께 말했다 들었다. 그래서 찾아보니, 그것은 오십이 넘기 전에 몸이 망가지는 부작용 때문에 거의 사장되다시피 한 마공이었다. 네 어르신들이 겪는 것과 같은 식의 부작용이겠지."

"……."

"그런데 십 년 전, 원로원에서 그것을 발전시킨 마공을 만들었다. 주음마공의 강력함을 쉽게 포기할 수 없었는지 삼십 년이 넘는 세월 동안 누군가 연구했다고 하더군. 그것이 바로 주음포귀마공이다. 주음마공의 강력함을 유지하며 부작용을 제거한 발전형이지. 이것을 가지고 수섭음공을 새로이 해석하면 아마 부작용도 사라질 것이다."

"그렇군……. 그럼 주음포귀마공은 완전히 검증이 끝난 마공인 건가?"

"그렇다 할 수 있지. 대신 포기해야 하는 부분도 있다."

완벽한 무공은 없다. 무영비주는 그 사실을 다시금 기억하며 말했다.

"그 부작용이 없어진 대가라면 치를 수밖에……. 뭐지?"

"이것을 익히면 마기의 영향이 지대해짐에 따라 몸에 마인의 특성이 강해질 거야. 수섭음공에 향료를 넣듯 주음마공을 넣었던 것처럼 주음포귀마공을 넣는 것은 불가능하다. 주음포귀마공이 주를 이루고, 수섭음공이 부가 될 수밖에 없어. 그 정도로 주음포귀마공은 그 색깔이 진한 마공이다. 전처럼 마기를 숨길 순 없을 거야."

"그건 쉽게 생각할 수 없는 문제군. 비도혈문은 살문이고 무영비주는 살수다. 마기의 냄새가 짙어지면 암살할 때 매우 곤란해."

"걱정 마. 천마신교에는 마인에게 알맞은 암공도 많으니까. 비도혈문이 천마신교에 입교하여 많은 공을 세우면 원하는 암공들을 차례차례 모두 익힐 수 있을 거야. 전보다 강해질지도 모른다고."

"……."

"큭큭큭."

무영비주는 침묵했고, 피월려는 그 이유를 알 것 같아 웃음을 흘렸다.

비도혈문은 살아남기 위해서 천마신교에 입교하는 것이지, 그것을 진정으로 원해서 하는 것이 아니다. 그러니 가급적이면 가문의 특색을 잃지 않고 행동할 것이 분명했다. 때문에 천마신교에게 계속해서 의지해야 하는 상황이 달갑지 않을 수밖에 없는 것이다.

무영비주는 씁쓸한 마음을 뒤로하며 피월려의 앞에 앉았다. 그러고는 피월려가 적는 구결을 바로바로 읽으면서 깊은 생각에 빠지기 시작했다.

반 시진이 흘렀을까? 한창 머릿속으로 귀섭마공과 주음포귀마공을 연구하던 무영비주는 어느샌가 붓을 멈춘 피월려의 손길을 보고 그를 올려다보았다. 문맥상 끝은 아닌데 피월려는 글자들을 뚫어지게 바라볼 뿐 더 쓸 생각을 하지 않는 듯 보였다.

"피월려, 갑자기 왜 멈춘 거지?"

피월려는 반응이 없다가, 놀라듯 눈을 동그랗게 떴다.

"으응?"

"구결 말이야."

"아……. 아무것도 아니야."

"뭔가 깨달음이라도 얻은 건가?"

"그건 아니고… 좀 애매하다. 하여간 계속 쓰지."

피월려는 다시 쓰기 시작했지만 전보다 속도가 현저하게 느렸다.

그는 채 반각을 채우지 못하고 다시 멈추고 말았다.

무영비주가 뭐라고 묻기 전에 피월려가 먼저 물었다.

"귀기(鬼氣)가 뭐야?"

"귀신의 기운이지."

"그거야 나도 알아. 그게 아니라 마공에서 어떻게 정의를 내리냐고."

"마공마다 다르지."

"귀섭마공에서는 어떻게 정의를 내리는데?"

"알려줄 수 없다. 아까부터 왜 그걸 묻는 거지?"

"……."

피월려는 입술을 달싹일 뿐 말하지 않았다. 무영비주는 팔짱을 끼며 말을 이었다.

"네가 말하고 싶어 하지 않는데 내가 말할 이유는 없다. 도움을 원하거든 먼저 손을 내밀어."

피월려는 잠시 입술을 깨물다가, 곧 눈빛을 빛내며 물었다.

"극양혈마공에서 혈기(血氣)란 단어가 자주 나온다. 나는 그것을 그저 내 몸속에 들어온 양기라고 생각했어."

"그런데?"

"구결을 써 내려가면서 든 생각인데, 귀기와 음기를 매우 다르게 취급하는 것 같아. 이것을 외울 때만 해도 귀기를 혈기로, 음기를 양기로 빗대어 생각했었는데 지금 보니 전혀 그런 것이 아니야. 그러니 그렇게 따지면 혈기와 양기 또한 귀기와 음기처럼 다르게 취급하는 게 맞는 것이지."

"그래서?"

"귀기와 음기의 차이를 정확하게 알면 혈기와 양기의 차이를 정확하게 알 것 같은 기분이 드는군. 만약 혈기가 내가 생각했던 의미와 다른 것이라면, 극양혈마공을 한결 더 깊이 이해할 수 있을 거야."

"흐음……."

"귀기에 대해서 설명해 줘. 안 그러면 이 구결 더 안 쓰겠어."

"뭐? 치사하긴……."

"다급한 것뿐이야."

피월려의 눈빛에는 무공에 대한 순수한 열망이 자리 잡고 있었다.

무영비주는 그것을 잘 알기 때문에 적아 관계를 떠나서 무인으로서 공감하는 부분이 있었다.

하지만 그렇다고 피월려에게 수섭마공에 관한 구결을 쉽게 알려줄 수는 없었다. 그는 거절하려고 입을 열었다.

그때였다.

피— 잉!

피— 잉!

피— 잉!

마치 목금의 실이 끊어질 때 나는 소리가 동굴 전체에 울리기 시작했다. 귀가 아려올 정도로 높은 소리가 연속적으로 메아리치며 정신을 산만하게 만들었다.

피월려는 무영비주의 얼굴이 굳어지며 눈빛에 시퍼런 살기가 담기는 것을 보고 물었다.

"뭐지?"

무영비주는 내력을 끌어 올리면서 무영비를 꺼내 양손에 쥐었다.

옷이 펄럭이며 머리가 산발이 되는 모습에서, 그가 극한으로 내공을 운용한다는 것을 알 수 있었다.

그의 옆에 있던 청년도 그와 같은 모습으로 동굴의 입구를 주시했다.

무영비주가 놀랍도록 차가운 목소리로 씹어 내뱉듯 말했다.

"침입자다."

피월려는 무영비주의 시선을 따라 동굴의 입구 쪽을 보았다.

* * *

동굴의 입구에는 팔뚝만 한 낫을 들고 있는 한 남자가 좁쌀 같은 눈으로 피월려와 무영비주를 바라보고 있었다. 그리고 그 뒤로 계속해서 사람이 튀어나와 입구 쪽과 가까이 있는 석순에 차례대로 안착했다.

그중에는 소녀같이 젊은 여자도 있고 팔이 없는 노인도 있었다. 가지각색의 행색과 무기를 뽐내는 그들은 총 열한 명이었다.

가장 마지막에 모습을 드러낸 남자는 키가 작은 노인이었는데, 양손에 쇠로 된 장갑 같은 것을 착용하고 있었다.

그 노인은 칼만큼이나 날카로운 석순 위에 여유롭게 선 뒤 편안하게 뒷짐을 지고 무영비주를 거만한 눈빛으로 내려다보았다.

피월려는 그가 그들 중 가장 강력한 고수인 것을 즉시 알 수 있었다. 예상대로 그 노인이 입을 열어 큰 소리로 말했다.

"고맙군, 피월려! 덕분에 비도혈문의 본가를 찾게 되어 드디어 멸문시킬 수 있게 되었어."

무영비주의 눈썹이 꿈틀거렸다. 그는 분노가 가득한 눈빛으로 피월려를 돌아보았고 피월려는 애써 그 눈빛을 무시하며 노인에게 말했다.

"노인은 누구시오?"

노인은 대답했다.

"나는 살막주다. 하오문주에게 모든 계획을 들어 알고 있다. 천마신교와 하오문을 위해서 큰 수고를 해주었군. 이젠 쉬어도 된다. 비도혈문은 살막에서 직접 멸문시킬 테니 증인으로서 옆에서 지켜보기만 하면 된다."

피월려는 양손을 위로 뻗으며 말했다.

"이렇게 화려하게 등장하시면 나보고 어찌 살라는 것이오? 내가 하오문을 도왔다는 사실을 그렇게 공포하면 내 옆에 있는 무영비주가 나를 바로 죽일 것 아니오?"

"그거야 네가 알아서 할 일이다. 우리는 널 보호해야 하는 의무까지는 없으니까."

"진심이시오?"

"하오문주가 전하라더군. 하오문은 은원을 잊지 않는다고."

"……."

피월려와 하오문의 협약은 간단하다.

비도혈문을 멸문시키는 것 자체는 하오문에서 모두 처리하되, 그에 관한 정보는 천마신교와 공유한다.

그리고 피월려는 비도혈문의 위치를 파악하는 데 도움을 주는 것과 동시에 천마신교의 증인이 되어 비도혈문의 멸문을 지켜보는 것이다.

그런데 하오문에서는 피월려를 적당히 써먹고 죽게 내버려 두려는 생각인 것이다.

만일 그가 무영비주에게 죽게 된다면 천마신교에서도 하오문에게 피월려의 죽음에 대해서 책임을 물을 수는 없다. 그들은 피월려가 하오문 낙양지부의 장로를 살해한 그 은원을 이번 기회에 갚으려는 것이다.

결국 하오문으로서는 천마신교와도 좋은 관계로 지내면서 피월려를 죽게 만드는 최상의 결과를 얻을 수 있다.

피월려는 헛웃음을 흘리며 옆의 무영비주를 보았다.

"진짜 질리지도 않아, 하오문 개새끼들은."

무영비주는 얼굴을 분노로 일그러뜨린 채 살기를 전신으로 내뿜으며 크게 외쳤다.

"피월려여어! 네놈이! 네놈이 하오문과 손을 잡고! 살막의 살수들을 본가로 이끈 것이냐!"

피월려는 양손을 무영비주에게 뻗으며 말했다.

"진정해라."

"갈아 먹어도 시원찮을 놈! 애초에 네놈을 비롯해 마교와 손을 잡는 게 아니었어! 여기서 비도혈문이 멸문한다 할지라도 네놈은 반드시 죽이고 말리라!"

"저쪽은 살막의 살수 열 명이다. 나한테 힘을 낭비하지 마."

살막주는 그 말을 듣고는 무영비주에게 큰 소리로 대답했다.

"무영비주, 우리는 걱정하지 마라! 우리는 네가 피월려를 죽이기 전까지 손을 쓰지 않겠다. 그러니 안심하고 그놈을 죽여."

피월려는 살막주를 노려보며 중얼거렸다.

"젠장……. 이봐, 무영비주. 내 말을 들어라."

무영비주는 전혀 그럴 생각이 없는지, 전신의 내력을 무영비에 담는 것을 멈추지 않았다. 절대 피할 수도, 막을 수도 없는 강력한 한 수를 위해서 피월려의 움직임을 주시하며 준비하고 있는 것이다.

하는 수 없다.

음양의 조화고 뭐고 당장 죽게 생겼다.

피월려는 역화검을 천천히 들었다가 무영비주에게 보이더니 곧 그 앞에 던졌다.

툭.

완전히 방어를 포기한 자세.

그로 인해 무영비주는 간신히 이성을 찾을 수 있었다. 하지만 오래갈 리는 없을 터, 피월려는 재빨리 말했다.

"일각! 아니, 반각이면 된다. 조금만 기다리면 진실을 알게 될 것이다. 그러니 나를 죽이지 마라. 네 가문을 생각해서라도 나를 죽이면 안 돼."

"무슨 뜻이지?"

"어차피 나는 검을 버렸다. 언제든 나를 죽일 수 있어. 못 믿겠다면 나를 포박해. 상관없다. 그러나 반각만 기다려라. 그러면 진실을 알게 된다."

"수작 부리지 마. 네놈의 세 치 혀를 내가 두 번 다시 믿을 것 같나?"

"저 살수들은 어차피 나를 죽이기까지 움직이지 않을 거야. 그러니 이대로 조금만 대치하면 된다."

"……."

무영비주의 기세에는 변한 것이 전혀 없었다. 눈에는 핏발이 섰고, 목에는 힘줄이 돋아나 있으며 이는 갈리고 있었다. 하지만 중요한 점은, 그가 무영비를 출수하지 않고 있다는 점이다.

긴장한 눈빛으로 사방을 살피던 청년은 무영비주가 이성을 되찾았다 생각하고는 살며시 질문했다.

"형님, 어떻게 해야 합니까?"

"넌 들어가서 어르신들을 지켜라. 나 이외에 그 누구라도 방 안에 들어오는 자가 있으면 무조건 죽여."

"알겠습니다, 형님. 몸조심하십시오."

청년은 바로 방 안으로 들어갔다. 무영비주는 두 무영비를 어깨 위로 띄우면서 피월려에게 으르렁거렸다.

"무슨 일인지, 당장 설명해!"

피월려는 눈을 크게 뜨고 최대한 편안한 어조로 대답했다.

"어차피 내가 말해봤자 못 믿을 거다. 그러니 잠시만 기다려."

"그래… 네놈이 죽음을 자초하는구나."

"아니라니까! 넌 날 믿어야 돼."

무영비주는 고개를 양옆으로 흔들며 입술을 비틀었다.

"크… 큭큭큭! 내가… 이 무영비주가 네놈 같은 하류잡배와 손을 잡은 것이 실수였어. 아! 아버님을 볼 낯이 없구나……. 크흐흐. 네놈만큼은… 네놈만큼은 길동무로 삼아

주마!”

순간적으로 번뜩이는 살기를 통해서, 피월려는 그가 무영비를 즉시 출수할 것임을 예상했다.

두 무영비는 그 안에 내포된 내력의 양을 가늠할 수 없는 수준에 이르렀고, 이는 피월려가 방어할 수 있는 수단이 전무하다는 뜻이었다.

피월려는 용안을 극도로 끌어 올려 두 무영비를 보았지만, 일말의 가능성도 찾을 수 없었다.

하나라면 어떻게든 피할 수 있는데, 그 이후 자세를 잡기 전에 날아오는 두 번째 무영비는 필사(必死)를 예고했다. 한 가지 살 수 있는 가능성은 그가 한 번에 두 개를 같이 출수하는 것인데, 영리한 무영비주가 그것을 모를 리 없었다.

파르르르!

무영비 하나가 흔들리더니 갑자기 출수되었다. 눈앞에서 사라진 것처럼 보였지만, 피월려는 기감으로 그것이 정면에서 빠르게 날아온다는 것을 알 수 있었다. 일단 자세를 흩뜨리고 그 뒤에 사각에서 두 번째 무영비를 출수하려는 것이 분명하다.

피월려는 몸을 웅크리면서 훌쩍 뒤로 뛰었다. 그러자 위로 그를 따라오는 무영비가 보였다.

그의 몸과 같은 속도로 움직이는 터라 마치 멈춰 있는 것처럼 보였는데, 어느 순간 무영비의 각도가 수직으로 꺾여 피월려를 향했다.

곧 빛의 굴절로 인해 반투명했던 무영비의 모습이 투명하게 변했고 그 속에 내포된 강대한 내력만이 그 존재의 유일한 증거가 되었다.

그것은 곧 떨어질 것이고, 앞에서 무영비가 쫓아오고 있는 마당에 피월려는 그것을 피할 재간이 없었다.

간담이 서늘해지고 죽음이 눈앞에 보이는 그 순간, 또다시 높은 소리가 동굴을 울렸다.

피— 잉!

피— 잉!

피— 잉!

무영비주의 살기는 그 소리와 함께 사라졌다. 바닥에 등이 떨어지자 아직 살아 있다는 것을 느낀 피월려는 깊이 안도했다.

그를 노리던 무영비의 기운이 피월려의 기감을 완전히 벗어난 것이다.

피월려는 몸을 일으키며 무영비주를 보았는데, 무영비주는 동굴의 입구를 주시하며 작게 말했다.

"천마신교의 인물이군……."

피월려가 보니, 동굴의 입구에는 주소군과 나지오로 보이는 두 인물이 있었다.

석순 위에서 무영비주와 피월려의 일전을 여유롭게 관전하던 살수들과 살막주 또한 그 둘을 흘겨보며 자기들끼리 전음을 주고받고 있었다.

그들의 의도를 알지 못하니 동굴 안에 모든 사람들은 선불리 움직일 수 없었다.

주소군과 나지오는 우선 동굴 안의 상황을 살폈다. 주소군은 작은 미소를 머금은 채로 구경하는 듯했고, 나지오는 한쪽 벽면을 손으로 잡고 다른 손을 눈 위에 올려 햇빛을 가리는 시늉을 했다.

나지오는 피월려를 발견하고는 큰 소리로 외쳤다.

"여어! 피 후배! 잘 있었나?"

피월려는 포권을 살짝 취했다. 그러자 나지오는 손을 저으면서 인사했다.

무영비주는 그런 피월려에게 물었다.

"천마신교의 인물들이 여기 왜 있는 것이지?"

모든 상황이 만들어진 이상 비밀을 숨길 이유가 없는 피월려는 그에게 편히 설명해 주었다.

"하오문주와 하오문의 중요 인물들을 모두 도살하기 위해서다. 감히 천마신교에게 대적한 그들을 그냥 용서할 수는 없지."

무영비주가 눈을 날카롭게 떴다.

"그것과 이것이 무슨 상관이지?"

"천마신교가 하오문을 상대하기 까다로웠던 이유는 바로 하오문의 중요 인물들을 암살하기 어려웠기 때문이다. 그들의 위치는 하오문 내에서도 극비 사항이었고, 정보력이 뛰어난 하오문의 극비 사항은 아무리 천마신교라도 파악하는 것이 불가능했다."

"그런데?"

"그들의 위치를 모르니 우리가 모으면 된다고 생각했지. 그래서 이런 일을 벌여 모두 모은 거야. 한 번에 모두 죽이기 위해서."

"하지만 이들은 하오문의 중추 세력이 아니라 살막주와 살막의 일급살수다."

무영비주의 말이 끝나기 무섭게 살막주가 굳은 얼굴로 피월려에게 외쳤다.

"그렇다! 그의 말이 맞다! 하오문에 원한이 있는 것을 왜 우리 살막에게 갚는 것이냐?"

피월려와 무영비주는 딱히 작은 소리로 말하지도 않았기 때문에, 살막주도 그 대화를 모두 들은 것이다.

피월려는 귀에까지 걸리는 미소를 지으면서 살막주에게 말했다.

"그거야 본인이 더 잘 알잖소, 살막주!"

"뭐, 뭐라? 그게 무슨 소리냐!"

"무슨 소리긴! 간단하지. 네놈이 살막주인 것과 동시에 하오문주라는 것이다!"

"……."

살막주는 충격을 받았는지, 굳은 얼굴로 아무런 말도 하지 않았다. 피월려의 목소리와 눈빛은 절대 흔들리지 않는 믿음으로 굳건했다. 살막주는 어떠한 변명으로도 그의 의심을 거둘 수 없다고 느꼈다.

피월려는 득의양양한 목소리로 그에게 외쳤다.

"하오문과 살막의 비상식적인 공생 관계! 역대 하오문주 중 가장 강력한 무공! 역대 하오문주 중 가장 긴 집권 기간! 그 시간 동안 급속도로 번창한 살막의 영향력! 살막주가 아니라 하오문주를 호위하는 살막의 열 일급살수! 그들의 본거지가 하오문에서 관리하는 낙화루라는 점! 하오문주가 인피면구를 즐겨 쓴다는 사실! 살막주와 하오문주의 비슷한 나이! 살막주가 괴뢰지를 가릴 수 있는 장갑을 쓴다는 점! 이 모든 것은 바로 살막주와 하오문주가 동일 인물이라는 것을 말하고 있다. 네놈이 전대 하오문주를 죽이고 새로운 하오문주가 됨으로써 살막과 하오문, 이 두 곳을 모두 통솔하게 되었다는 추측까지 있어. 또한 네놈이 수족처럼 부리던 다섯 명의 일급살수가 하오문의 중추 세력이 되었다는 정보까지 마조대에서 입수했다. 만약 이 모든 것이 사실이 아니라면 착용하고 있는 장갑을 벗고 손가락이 괴리지가 아님을 보이면 돼."

살막주는 침묵하다가 곧 순순히 인정했다.

"젊은 놈이 대단하군."

살막주는 인피면구를 착용한 하오문주 음호천인 것이다.

피월려는 회심의 미소를 지으며 옆에 있는 무영비주에게 살며시 말했다.

"미리 말하지 않은 것에 대해서 너무 나쁘게 생각하진 마. 미리 말했으면, 네 가문의 위치를 드러내는 데 동의하지 않았을 거 아니야."

무영비주는 코웃음을 쳤다.

"또한 본가의 위치를 하오문주까지 알게 된 이상, 우리는 꼼짝없이 마교에 입교해야 되고……. 치밀하군, 피월려."

피월려는 그에게 다가가 어깨를 툭 치며 말했다.

"마교가 아니지. 이제부터는 본 교라 칭해야 할 거야."

"……."

"큭큭큭. 크하하! 크하하하!"

조용한 동굴에 퍼지는 피월려의 웃음소리에는 악의(惡意)가 넘쳐흘렀다. 때문에 동굴 전체가 악의로 차오르는 것 같았다.

"그런데 한 가지 물어볼 것이 있다."

갑작스러운 음호천의 말에 피월려는 웃음을 멈췄다.

"뭐지?"

음호천은 입구에 있는 주소군과 나지오를 가리키며 말했다.

"저들이 단가?"

"뭐가 말이야?"

"살막주와 살막의 일급살수 열 명을 상대하려고 온 인원이 저들이 전부냐는 말이다."

"크하하! 그럴 것 같아? 설마 그럴 리가… 없지는… 않겠…지."

주소군과 나지오의 표정이 점차 난처하게 변하자, 그것을 보던 피월려의 목소리도 같이 작아졌다. 그는 눈을 동그랗게 뜨며 표정으로 의문을 제기했고, 나지오는 그의 눈길을 피하면서 대답했다.

"그게, 소군하고 내가 다야."

피월려는 경악했다.

"그럼 제오대는 안 온 것이오?"

"오긴 왔는데, 이런 지형에서 싸울 만한 놈들은 없어. 밖에서 대기하면서 혹시라도 도주하는 살수를 척살할 거야."

"그럼 실질적으로는……."

"응. 우리 둘뿐이지."

"젠장! 지부장께서는 이 일이 얼마나 중요한지 알고 계시오?"

"이건 지부장님의 계획이 아니라 네 계획이야. 그러니 보다 적극적이지 않은 건 어쩔 수 없지."

전에 단시월 하나만 보낸 것도 그렇고, 지금 둘만 보낸 것도 그렇고, 피월려는 화를 내지 않을 수 없었다.

"그게 무슨!"

"흥분하지 마, 피 후배. 제일대에 있으면 이런 일이 수두룩하다니까."

"……"

나지오는 실실 웃으며 쌍검을 꺼내 들었다. 그의 키보다 큰 두 검은 피처럼 붉은색으로 빛났는데, 나지오의 내력을 머금은 채 그 예기를 뽐내고 있었다.

나지오는 눈에서 마광을 폭사시키면서 옆의 주소군에게 말했다.

"자, 한바탕 놀아보자. 동굴 안 뾰족한 석순 위에서 열한 명의 살수와 일전이라……. 지형도 그렇고 상대도 그렇고. 꽤 재밌을 거야."

나지오는 투지를 불태웠지만 주소군은 차분한 목소리로 대답했다.

"죄송하지만 전 도움을 못 드릴 것 같네요."

"응? 왜?"

"이런 지형에서 싸울 만한 보법을 몰라요."

"뭐라고? 취미로 마공을 익히는 네가? 전에 일백마흔네 개나 익혔다고 자랑했잖아!"

"보법에는 별로 관심이 없어서요. 자설검공 특성상 움직이면서 싸우진 않으니까요."

"진심이야?"

"전 입구를 지키고 있을게요. 가서 싸우는 건 나 형이 하세요."

"혼자선 진짜 힘든데."

"나 형이라면 전 믿어요. 황룡검주와 일전 이후 얻은 것이 많잖아요?"

"너… 그거 어떻게 알았어?"

"비밀은 지켜 드리죠. 그 대신 혼자 가서 싸우세요."

"……."

나지오는 말없이 불쌍한 표정을 지으면서 피월려를 보았다. 그러자 피월려는 고개를 흔들며 대답했다.

"내가 보법을 익히지 않았다는 것은 나 선배가 더 잘 알 것이오."

수가 없다는 것을 깨달은 나지오는 신경질을 부렸다.

"젠장! 이런 곳에서 살수를 상대로 혼자 싸우라고? 미친 거 아니야? 여기선 무공보다 보법이 더 중요하다고! 최소한 등은 봐줄 인간이 필요해!"

피월려는 옆의 무영비주에게 손짓하며 말했다.

"무영비주가 도와줄 것이오. 그의 무영비라면 한 명의 절정 고수가 등을 봐주는 것과 동일할 것이오."

무영비주는 눈썹을 찌푸렸다.

"내가 왜?"

"싫으면 다 죽고 멸문당하든가."

"……."

"마루의 방어는 내가 책임지지. 땅 위에서라면 전부 덤벼도 자신 있으니까. 뭐, 어차피 무서워서 오지도 못하겠지만."

그 말을 들은 음호천은 살기 어린 목소리로 피월려에게 말했다.

"어린놈이 너무 광오해. 우리가 움직이지 않는 이유는 석순 위가 유리하기 때문이지, 결코 네놈이 두려워서가 아니다."

"그럼 오든가."

"……."

음호천은 손을 부들부들 떨 정도로 화가 난 듯 보였다. 사실 도발 솜씨만 놓고 보면, 이 동굴에서 피월려를 따라가는 사람이 없다.

음호천은 장갑을 거칠게 벗어 던졌다. 어차피 하오문주라는 것이 들통난 이상 괴뢰지를 숨길 이유가 없었기 때문이다. 그는 괴뢰지에 내력을 담으면서 손짓을 해가며 살수들에게 명령했다.

"축살(丑殺), 미살(未殺), 묘살(卯殺), 해살(亥殺), 오살(午殺)은 나와 함께 저 난쟁이를 사냥하고, 인살(寅殺), 신살(申殺), 사살(巳殺)은 입구를 뚫어라. 술살(戌殺), 유살(酉殺)은 저 개자식을 상대하되 자살(子殺)을 최우선으로 죽여! 가라!"

음호천의 명령이 떨어지는 동안 나지오는 마기를 폭사시키며 먼저 보법을 펼쳐 그에게 다가갔다. 난쟁이라는 말이 끝나기 무섭게 움직인 것을 보면, 그 말에 극도로 자극을 받은 듯했다.

무영비주는 하는 수 없이 무영비 하나를 출수하면서 옆에 있는 피월려에게 말했다.

"우리에게 오는 술살과 유살은 둘 다 검의 고수다. 살수가 아니라 그냥 검객으로 봐야 할 거야. 순수한 무력으로도 절정급에 이르니 매우 조심해야 할 것이다."

피월려는 역화검을 급히 주우면서, 중얼거렸다.

"방금 살막주가 말한 거 십이지신이지? 네가 쥐이고… 남는 건 용인데, 혹시 용조 아니야? 별호는 진살(辰殺)이겠고. 작명 수준하고는……."

"우연히 일급살수가 열두 명이었던 것뿐이다. 그리고 그딴 거에 신경 쓸 시간 있으면, 서둘러!"

피월려는 역화검을 치켜들고 이제 막 마루 위로 착지한 술살과 유살을 보았다.

그들은 각각 검을 꺼내 들고 무영비주와 피월려를 주시하고 있었는데, 입술을 끊임없이 달싹거리는 것을 보면 전음으로 대화하고 있는 것 같았다.

그들의 눈빛에는 묘하게 살기가 적었고, 풍기는 기운 또한 도저히 절정급으로 보이지 않지 않았다.

게다가 딱히 공격할 생각도 없는지 피월려와 대치만 할 뿐 선공하지 않았다.

무영비주가 거짓을 말할 리 없을 터, 피월려는 그들의 표정과 눈빛을 용안으로 관찰하며 그들의 전음이 무슨 내용일까 해석하기 시작했다.

그는 곧 깨달을 수 있었다. 그들에게 싸울 의지가 없다는 것을.

사실 천마신교는 살막의 일급살수에게도 무겁기 그지없는 이름이다.

그들은 대화를 끝내고 피월려와 눈빛을 주고받았다. 검을 쥐지 않은 손으로 손바닥을 슬며시 내비치며 항복 의사를 밝혔다.

피월려는 고개를 돌려 슬쩍 음호천를 보았다. 그는 무영비하나를 몸에 감싸고 거침없이 무공을 펼치는 나지오를 상대로 매우 고전하고 있는 듯 보였다. 다른 일에 신경 쓸 여유가 없는 것이 확실하다.

피월려는 다시 술살과 유살을 보며 음호천에게 들리지 않도록 작게 중얼거렸다.

"난 혈도를 찍을 줄 몰라. 너희가 서로 마혈을 찍는다고 해도 믿지 않아. 내가 내 손으로 직접 기절시킬 거야. 그러니 그게 싫으면 어쩔 수 없어."

그 둘은 서로 눈빛을 교환했고, 그중 하나가 피월려에게 전음을 보냈다.

[좋다. 그 대신 마교로부터 우리의 목숨을 보장해라.]

"보장하지."

[또한 너희가 실패하고 살막주가 이길 가능성도 있으니, 거짓으로 싸우는 것도 동의해 줬으면 하는군.]

"쯧, 귀찮게……. 알았어."

그 둘은 고개를 끄덕이고는 동시에 화려한 보법을 펼치면서 달려들었다.

또한 검에서 수많은 검기를 뿌려대며 화려한 초식을 사용했는데, 그 검기 중 피월려나 무영비주를 향한 것은 하나도 없었다.

피월려는 가까스로 피하는 척 연기를 하며 그들에게 달려들었고 한바탕 수준 높은 연극을 선보였다. 반각도 채 되지 않아, 피월려의 검에 의해 뒷목이 잡힌 두 살수는 바닥에 꼬

꾸라졌다.

그것을 근거리에서 지켜보던 무영비주는 피월려가 검날이 아니라 검면으로 그들의 목을 친 것을 똑똑히 확인했다. 무영비주는 피월려가 그들을 설득했다고 생각하고는 기가 찬 듯 작게 말했다.

"그 짧은 시간에 그들을 설득한 건가?"

"설마. 내 혓바닥이 무슨 만능인 줄 알아? 그놈들이 먼저 항복한 거야."

"검의 극도는 무검(無劍)이라더니……. 무검이 아니라 구검(口劍)이었군."

"칭찬이지, 그거?"

무영비주는 대답하지 않고는 남은 무영비 하나를 나지오 쪽으로 출수했다.

혹시 몰라서 놔둔 것인데, 피월려가 두 살수를 모두 처리했으니 공격에 사용하지 않을 이유가 없었다.

놀라운 속도로 날아온 두 번째 무영비가 나지오의 눈앞에서 흔들거렸다.

두 번째 무영비가 지원을 왔다는 것을 알리기 위함이었다. 나지오는 그것을 발견하고는 더욱더 공격적인 위세로 전환하면서 모든 수비를 무영비에 맡겼다.

무영비주는 무영비를 조작하여 방어에 틈틈이 신경 쓰면서 중얼거렸다.

"저자… 놀라운 고수군. 무공도 무공이지만 상황 판단이 뛰어나."

피월려는 자리에 앉아 마음 편히 구경하면서 대답했다.

"천 명의 인원을 다스리는 자리에 있으니 뛰어날 수밖에."

"……."

그렇게 시간이 흐르면 흐를수록 무영비주는 말을 아꼈다. 이마에 송골송골 땀이 맺히는 것이 매우 집중하는 듯싶었다.

나지오와 무영비주는 오늘 처음으로 합을 맞췄다. 그것도 정상적인 상황이 아닌지라 합을 맞추기가 극도로 어려웠다. 때문에, 나지오는 처음에 자주적인 움직임을 보이다가 서서히 무영비에 의지하기 시작했다. 조금씩 공격에 치중하면서 무영비주가 대신할 수 있는 방어의 한계를 가늠하며 그의 실력을 시험한 것이다.

그런데 웬걸, 무영비에 의지하면 의지할수록 더욱 확실하게 뒤를 방어해 주었다.

나지오는 무영비주의 실력에 속으로 감탄하며 오 대 일 접전에서는 절대 생각할 수 없는 공격적인 태세로 돌변했다. 공격 한 번, 한 번이 육참골단(肉斬骨斷)이었고, 급기야 동귀어진(同歸於盡) 수준으로 급증했다.

무영비주의 입장에서는 내력과 심력의 고갈을 염려해야 할 정도로 무영비를 다뤄야 했다.

나지오의 움직임은 방어를 배제한 것도 모자라서 오히려 공격해 달라고 목을 들이미는 꼴이니, 그를 보호해야 하는 무영비주가 죽을 맛인 건 어찌 보면 당연했다.

그러나 그 대가로 나지오는 살수 한 명을 죽일 수 있는 완벽한 기회를 얻었다.

팽! 팽!

두 무영비의 공격을 받은 두 살수는 나지오를 찍어 누르려던 공격을 방어로 전환할 수밖에 없었다. 그렇게 찰나의 시간을 번 나지오는 몸을 웅크리면서 우검을 앞으로 베며 검기를 날렸다.

지금까지 전투에서 검기를 쏜 사람은 없었다. 이런 지형에서 움직임이 둔해졌다가는 살아남기 어려웠기 때문이다. 때문에 검기의 공격 방향에 있던 오살(午殺)은 의문을 품으면서도 몸을 훌쩍 뛰어서 그 검기를 피해냈다.

그리고 그는 보았다. 앞에서 맹렬히 돌면서 비행하는 나지오의 모습을.

갑자기 돋아난 듯한 나지오의 좌검이 오살의 오른손을 베면서 허리까지 치고 들어왔다.

"크아악! 커— 억!"

비명을 지르는 입속에 우검을 그대로 박아버린 나지오는 그대로 오살의 시체를 타고 그 뒤에 있는 석순에까지 우검을 박아 넣었다. 그러자 우검은 오살의 시체를 가운데 두고 석순에 대롱대롱 매달렸다.

나지오는 오살의 머리 위에 쭈그려 앉아 좌검을 치켜들고는 음호천를 보며 말했다.

"하아, 힘들어. 이제 한 명이네."

그의 양어깨에는 두 무영비가 활공하며 마치 사냥매가 주인을 지키듯 나지오를 지키고 있었다.

음호천은 입술을 잘근잘근 씹으며 피월려와 무영비주를 흘겨보았는데, 술살과 유살이 제압당한 것을 보고는 참담한 표정을 지었다.

나지오는 광기 어린 미소를 지으며 마기를 폭사시켰다. 그는 석순을 발로 참과 동시에 우검을 석순에서 뽑았는데, 그 힘이 얼마나 센지 석순이 통째로 바스러지며 무너져 내렸다.

쿵! 쿵! 쿵!

연속적으로 석순을 박차며 비행하는 나지오를 살수들은 막을 생각조차 하지 못했다.

그의 머리 위에서 좌전하는 무영비도 무영비지만, 자신감을 얻은 나지오의 마기가 원초적인 두려움을 불러일으켰기 때문이다.

음호천은 뒤로 보법을 밟으며 급히 외쳤다.

"나를! 나를 보호해라!"

그가 말하는 즉시, 양쪽에서 살수가 한 명씩 그에게 다가왔다.

살수들은 음호천 옆에 서면서 그와 함께 보법을 밟아 한 몸처럼 움직였다. 그러나 그렇다고 해서 그와 한마음이 된 것은 아니었다.

덥석.

두 살수는 갑자기 무기를 버리면서 음호천의 양팔을 붙잡았다.

순간적으로 당황한 음호천이 뭐라 말하기도 전에, 내력을 동원하여 그를 앞으로 던져 버렸다.

앞으로 내동댕이쳐진 음호천은 사신처럼 다가오는 나지오의 우검을 보고 괴뢰지를 뻗어 방어하려 했으나, 나지오의 우검은 음호천의 손가락을 반 토막 내는 것을 시작으로 그의 육신까지 두 동강 내버렸다.

음호천은 비명조차 지르지 못하고 절명했다. 두 개가 된 그의 육체는 차디찬 물아래로 사라졌다.

나지오가 한 석순 위에 착지하자, 다른 석순 위에 있던 네 살수 모두가 두 손을 들고 항복 의사를 밝혔다. 그러자 주소군 앞에서 눈치만 살피던 세 명의 살수 또한 똑같이 항복 의사를 밝혔다.

무영비주는 싸움이 끝났다고 생각하며 중얼거렸다.

"설마 저들이 배신할 줄이야."

피월려가 마루에 사이좋게 누워 있는 두 살수를 가리키며 물었다.

"왜? 이놈들도 배신했는데."

"살막주와 함께 싸운 다섯 살수는 살막주가 살막주가 되기 전부터 그를 따르던 사람들이다. 나나 용조, 혹은 다른 일급살수와는 격이 다른 두터운 신뢰 관계가 있지. 그래서 설마 배신할 줄은 몰랐다."

"그래 봤자 살수지. 살수에게는 흔한 일 아닌가?"

"……."

무영비주는 대답하지 않고 무영비를 회수했다. 나지오는 항복한 살수들에게 마루 위로 가라고 지시한 후에 주소군과 함께 왔다.

피월려는 기절한 두 살수도 깨워 일으켰다.

그렇게 아홉 명의 살수는 피월려, 무영비주, 나지오와 주소군 앞에 멀뚱멀뚱 섰고, 주소군이 먼저 입을 열었다.

"안녕하세요, 피 형?"

갑작스레 인사하는 덕에 피월려는 당황한 표정으로 인사를 받았다.

"이, 이런 상황에서 할 건 아니지만……. 뭐. 안녕하시오,

주 형?"

주소군은 미소를 지었다.

"네, 안녕해요. 그나저나 오늘도 아침에 안 나오실 거죠?"

피월려는 주소군과 아침마다 연무장에서 같이 수련을 한다. 지금은 새벽이니 지부에 돌아가면 아침이 될 텐데, 가자마자 수련을 하자고 말하는 것이다.

피월려는 머리를 긁적이며 곤란한 듯 말했다.

"아… 그게, 오늘은 이런 임무가 있었으니까 서로 피곤하지 않겠소?"

"전 안 피곤한데요."

"……."

"오실 건가요?"

피월려는 마지못해 대답했다.

"가, 가겠소."

주소군은 짝 하고 박수를 치며 살수들에게로 시선을 돌렸다.

"중요한 건 해결됐으니 잡다한 걸 해결하죠. 자, 그러면 이 자들을 어떻게 처리할까요? 죽일까요?"

그 말에 살수들은 얼굴을 굳혔다. 그러자 나지오는 허탈한 표정으로 말했다.

"대놓고 그런 말 좀 하지 마."

"그럼 어떻게 해요? 살수들이 항복할 것이라는 예상은 아무도 하지 못했어요. 지시 사항이 없는 한 결정권은 우리에게 있어요."

"그래서 죽이자고?"

"예. 어차피 본가의 위치를 발각당한 무영비주도 저와 동일한 생각을 할 것 같은데……. 아닌가요?"

무영비주는 왠지 이 괴상한 사내의 말에 동의하면 안 될 것 같은 기분이 들었다. 그가 말했다.

"어차피 본가의 위치는 드러났소. 마교의 마공으로 어르신들이 무공을 되찾으면 굳이 위치를 숨길 이유가 없으니, 죽이지 않아도 되오. 또한 나는 이들과 함께 계속해서 살막을 운용하는 것이 어떨까 하오."

그 말을 단번에 이해한 피월려가 먼저 물었다.

"설마, 살막주가 되겠다고?"

무영비주는 고개를 끄덕였다.

"살막과 하오문, 이 둘을 모두 내 소관으로 두고 마교에 입교하면, 마교에서도 매우 큰 이득이 될 것이오. 나는 살막에 일급살수로 있는 만큼 이들을 통솔할 수 있는 능력이 있소."

나지오는 딱 잘라 거절했다.

"네 말은 알겠지만 그 제안은 우리가 수락할 수 없다. 이 일은 본 교에서 계획한 것이므로 본 교가 해결할 문제야. 그리고 계속 마교, 마교 그러는데 네 신상을 위해서라도 천마신교라 부르는 것을 추천하지."

"……."

약간은 강압적인 말투지만 무영비주는 반박할 수 없었다. 나지오가 보여준 신위와 천마신교의 마인이라는 배경이 무영비주의 인내심을 강하게 만들었기 때문이다.

나지오는 잠시 고민한 후 말했다.

"일단 모두 지부로 연행하지. 지부장님께서 결정해야 할 사항인 것 같아. 소군, 가서 다 점혈해 줘."

주소군은 하늘거리는 발걸음으로 차례차례 점혈했고, 그 와중에 피월려가 나지오에게 말했다.

"나 선배, 혹 비도혈문의 문주를 뵈실 생각이오?"

나지오는 고개를 돌렸다.

"나하고 소군이 받은 명은 살수들을 추적한 뒤 비도혈문의 거처에서 모두 죽이거나 생포하라는 것뿐이었어. 비도혈문과의 외교는 우리 일이 아니다."

"그럼 문주님을 뵈지 않고 그냥 가는 것이오?"

"응. 귀찮은 건 네게 좀 부탁할게."

그렇게 말한 나지오는 주소군과 함께 아홉 살수를 차례차례 운반했다. 점혈을 당한 살수들은 짐짝과 같았고, 때문에 일각이 지나서야 모두 밖으로 내보낼 수 있었다.

"그럼 지부에서 봐."

나지오는 나가면서 그렇게 말했다. 주소군도 손을 흔들었고, 피월려는 포권을 취했다.

곧 집채에서 청년이 나와 문방사보를 피월려 앞에 가져왔다.

피월려는 정좌로 앉아 구결을 쓰기 시작했고, 무영비주도 그 앞에 앉았다.

"좋게 끝나서 다행이군. 그런데 한 가지 물어볼 게 있다."

"뭔데?"

"저들이 어떻게 여길 찾은 거지?"

피월려는 한 발을 들어 보였다.

"그때 똥 밟은 거. 널 만나기 전에 추종향(追從香)을 먹었거든. 대변에 섞인 걸 다시 신발에 묻힌 거야."

"그래서 소면을 그리 급히 먹은 거군. 소화가 빨라지게 하려고 말이야. 아……. 객잔에서 화를 내며 즉흥적으로 이곳에 오려고 결정한 것도 연기였군. 어쩐지 너답지 않은 결정이라 생각했었어."

피월려는 미소를 지었다.

"정확히 말하면, 살막의 살수들은 이 추종향을 따라온 것이고, 그 뒤를 두 사람이 이중 미행한 것이지. 두 명만 와서 내심 걱정했는데 말이야. 나 선배가 생각보다 강해서 그나마 다행이었어.”

“나 선배라면 그 쌍검을 쓰는 자 맞나?”

“이름은 나지오야. 천마신교 낙양지부 제오대의 대주지.”

“무영비로 도우면서 매우 강하다는 것을 느꼈다. 대주의 자리가 아깝지 않은 고수더군. 그 옆에 있던 자도 강해 보이던데. 혹시나 해서 묻는 건데 남자 맞지?”

“맞다. 이름은 주소군이지.”

“흐음……. 역시 마교에는 고수가 많군. 이십 대가 절정이고 삼십 대가 초절정이라니.”

“마공을 익혔으니까……. 선천적으로 뛰어난 자질과 오성을 갖춘 사람이 마공을 익히면 그 정도는 당연하지. 그런데 초절정이라니? 나 선배는 지마급, 즉 절정고수야.”

무영비주는 눈길을 아래로 돌렸으나, 곧 고개를 저었다.

“초절정이 맞아. 내 눈도 그렇게 말하지만, 일급살수들도 그렇게 판단했기 때문에 싸움을 쉽게 포기한 것이다.”

“설마……. 지형이 비정상적이어서 격차가 크게 보였을 수도 있어.”

“흐음, 그럴지도 모르겠군. 그래도 살수에게 있어 적의 역량을 파악하는 것은 목숨이 왔다 갔다 하는 중요한 부분이다. 나지오라는 그 고수는 초절정이 확실해.”

“흠……. 언제 한번 비무라도 청해봐야겠네.”

피월려는 그렇게 말하면서 시선을 돌렸다. 그리곤 나지막하게 말을 이었다.

"저, 그 뭐냐. 이름이나 알려줘."

무영비주는 눈을 크게 뜨며 되물었다.

"뭐? 갑자기 왜?"

"전부터 묻고 싶었지만 안 알려줄 것 같아서 묻지 않았는데. 이젠 한 식구니 이름을 알려줘도 되지 않겠어? 아니면, 다른 무영비주들까지 전부 무영비주라 부를 순 없잖아."

"……."

"싫으면 됐다. 원하면 살막주처럼 자살이라 부르지. 큭큭큭. 자살이라니……. 재밌는 별호야."

무영비주는 혀를 한번 차더니 이내 나지막하게 말했다.

"혈적현이다."

"혈적현? 그게 이름이야?"

"혈이 성이고 적현이 이름이다."

"성 한번 특이하네. 설마 비도혈문이……."

"맞다. 비도문에서 비도혈문이 되었을 때, 성을 모두 혈(血)로 바꾸었다. 당가가 무너지기 전까지 원래 성을 쓰지 않기로 했지."

"지독한 한이군. 성을 갈아 엎다니."

"선조들도 이해하실 거다."

"……"

"얼마나 더 걸리지?"

"곧 다 쓴다. 그리고 다른 무영비주들은 다 밖에서 활동한다고 들었는데, 모두 불러야 할 거야. 일단 우리와 정리를 해야 하니까."

"그래, 알았다. 하여간 자살이라 부르려는 생각은 관둬."

"크크크."

피월려는 작게 웃으며 다시 붓을 놀려 주음포귀마공을 쓰기 시작했다.

무영비주… 아니, 혈적현은 피월려의 앞에서 그가 글을 쓰는 것을 보며 자리에 앉았다. 눈으로는 구결을 읽는 듯했으나, 계속 무언가 망설이는 듯한 표정을 지었다. 피월려는 그것이 자꾸 신경 쓰여 말했다.

"말해."

혈적현은 머쓱하게 말을 건넸다.

"아니, 그냥. 고맙다는 말을 하고 싶다."

피월려는 워낙 뜻밖의 말에 붓을 멈추고 고개를 들었다.

"뭐?"

혈적현은 눈길 회피하며 물었다.

"그게 그리 놀랄 말인가?"

피월려는 살짝 벌려진 입을 애써 닫으며 다시 구결을 적기 시작했다.

"아니, 뭐. 남자한텐 정말 오랜만에 듣는 말이라……. 근데 뭐가 고맙다는 거야?"

"이번 계획은 네가 짠 거라면서. 그러니 하오문과 살막이 아니라 비도혈문을 선택한 천마신교의 결정은 네가 관여했다는 뜻이겠지. 그 부분이 고맙다는 것이다."

"별로 고마워할 필요 없다. 그냥 둘 중 더 이득이 되는 결정을 내렸을 뿐이야."

"이해득실만 생각하면 하오문과 손을 잡는 게 더 이득일 텐데?"

"개인적인 이득이 아니라 천마신교 전체의 이득을 생각하면 또 다른 문제야. 종합적으로 놓고 보면 비도혈문이 입교하는 게 최상의 결과지."

"아니, 결코 그렇지 않아."

피월려는 붓을 멈췄다.

"왜?"

"너와 나는 하나의 비밀을 공유하고 있지. 넌 천마신교에게, 난 살막과 하오문에게 이 비밀이 발각돼선 안 돼. 하지만 네가 내린 결정으로 인해서 하오문주 혹은 살막주가 죽고 살막의 중추 세력도 괴멸되었다. 따라서 나는 더 이상 비밀을 유지할 이유가 없어. 그 반면에 너는 여전히 천마신교가 있고,

나는 여전히 그 비밀을 알고 있다."

"……."

"또한 만약 네가 내 가문을 멸문시키는 선택을 했다면 내가 죽게 되면서 자연스럽게 약점이 사라지게 된다. 그러니까, 넌 굳이 비밀을 알고 있는 나를 처리할 수 있음에도 불구하고 살려주었을 뿐 아니라, 오히려 내 약점을 제거함으로써 너보다 더 유리한 위치에 오게 만들었다."

"그래… 그랬지."

"이해득실을 떠나서 네게 치명적으로 작용할 수 있는 것이다. 그럼에도 불구하고 비도혈문, 아니, 나를 선택했다. 왜지? 피월려?"

피월려는 힘없는 미소를 짓다가 붓을 다시 놀리기 시작했다.

"변덕이야."

"변덕?"

"갑갑 관계니 뭐니 했을 때, 뭔가 빚진 느낌이었다. 그래서 갚으려고 한 거야."

"그래서 생명을 내건 선택을 했다?"

"아는 기녀가 하오문과 살막 때문에 죽었어. 별로 가까운 사이도 아니었는데……. 그 일 때문인지 변덕이 생긴 거 같다. 더는 나도 모르겠으니, 묻지 마."

"……."

"고맙다는 인사는 받아주지."

혈적현은 반각을 가만히 있다가 자리에서 일어났다. 그러면서 피월려에게 물었다.

"너 나이가 몇이냐?"

피월려는 순순히 말했다.

"스물다섯."

"어쩐지……. 하늘의 뜻이로군."

"뭐가?"

"잠깐만 기다려라."

혈적현은 그렇게 말해놓고는 방 안으로 사라졌다. 그리고 곧 상을 들고 나왔는데, 거기에는 백색의 술병과 술잔 두 개가 놓여 있었다.

피월려가 물었다.

"갑자기 술은 왜?"

혈적현은 피월려의 앞에 상을 놓더니 술을 따라 그에게 건넸다. 그러면서 툭 하니 내뱉듯 말했다.

"야, 친구나 하자."

지금까지 들어본 적이 없는 편한 말투였다.

피월려는 얼이 빠진 듯 혈적현을 보았다.

"무슨 개소리냐?"

혈적현은 술잔을 재촉하며 말했다.

"나이도 같으니 친구나 하자고."

피월려는 갑자기 떠오르는 것이 있어 물었다.

"잠깐만. 나이가 같다고?"

"어."

"나한테 약관을 넘긴 애송이라고 한 건 뭐야, 그러면?"

"내가 언제?"

"숲속에서 내가 거의 죽었을 때 말이야."

"아, 그때? 소심하게 뭐 말 한 마디 한 걸 다 기억하고 있어?"

"……."

피월려에게 평생을 통틀어서 그때만큼 수치스러웠던 기억은 거의 없었다. 생판 모르는 적 앞에서 울면서 살려달라고 했으니 쉽게 잊을 수는 없었다.

무영비주는 고개를 돌린 피월려를 향해 되물었다.

"그래서 대답은?"

"싫어."

"그럼, 제안 하나 하지."

"제안?"

"네가 나 혈적현의 친우가 된다면 그때 있었던 일은 무덤까지 가지고 가겠다고 조상님의 이름을 걸고 맹세하마."

"……."

"마교에 입교한 뒤에 내 입을 막으려면 골치 아플 텐데?"

피월려는 순간 혼란스러워했다. 그가 울면서 살려달라고 했다는 사실을 떠벌리면 확실히 골치 아프지만, 그걸 빌미로 혈적현의 제안을 받아들일 정도로 중요한 것까지는 아니었기 때문이다.

"한번 쪽팔리고 말지."

"뭐?"

피월려는 영문을 모르겠다는 혈적현의 표정을 보곤 깨달았다.

혈적현이 말한 '그때 있었던 일'이 피월려의 수치스러웠던 기억을 말하는 것이 아니라, 신물주와 잠사를 죽였던 사건을 말하는 것임을.

혈적현은 피월려가 신물주를 죽였다는 그 비밀을 숨겨주겠다고 말하는 것이다.

그 수치스러웠던 기억은 당사자가 아닌 혈적현에게는 하룻밤 사이에 일어난 일일 뿐이다. 피월려처럼 생생하게 기억하지도 않았고, 별로 신경 쓰지도 않는다. 애초에 그 일을 언급할 이유가 없다.

피월려는 새삼스레 관점의 차이를 느끼며 혈적현에게 대답했다.

"난 친구를 두지 않아. 그 일은 다른 걸로 메우도록 하지."

"쉬운 길이 있는데 왜 돌아가려고 하나? 술잔을 받아, 피월려."

피월려는 차분한 혈적현의 목소리가 이상하게 짜증이 났다.

"씨발, 무슨 친구야. 하루하루 살기 바쁜데."

"넌 더 이상 낭인이 아니야. 천마신교의 마인이지. 나 또한 더 이상 살수가 아니다. 천마신교의 마인이다. 그러니 친구 하나 가져보는 것도 나쁘지 않지 않나?"

친구.

열두 살의 나이에 무림에 발을 들여놓고 나서부터 평생 다시는 있을 수 없다고 생각했다.

낭인의 삶에 있어 타인과 진심을 나누는 대가는 혹독한 배신과 치명적인 위기뿐이다.

여자도 함부로 사랑할 수 없는데 어떻게 친구를 둘 수 있겠는가.

하지만 이젠 천마신교라는 울타리가 있다. 떠도는 낭인이 아니라 한 집단에 소속되어 그 특색에 맞는 사회를 이루는 것이 가능하다.

그렇다면 친구 하나쯤은 있어도 상관없으리라.

하지만 선뜻 손이 나가지 않는다.

"됐다. 아무래도 나는……."

혈적현은 한쪽 입꼬리를 올리며 피월려의 손을 덥석 잡았다. 그리곤 억지로 술잔을 쥐여주었다.

"마셔."

"……."

"친구란 건 그리 복잡한 게 아니야. 간단한 거다. 그냥 마시면 된다."

"살수 주제에 친구에 대해서 뭘 안다고?"

"살수이기 때문에 알 수 있다. 이 세상 무엇보다 외로운 직업이니 말이다."

"괴변이자 모순이군."

혈적현은 술잔을 들어 단숨에 마셨다. 그리고 자기 술잔을 뚫어지게 바라보며 고민하는 피월려를 묘한 시선으로 응시했다.

반각이나 흘렀을까? 피월려가 못 이기는 척 술을 마셨다.

"크으."

술맛은 별로였다.

혈적현은 방긋 웃으며 자리에서 일어났다.

"친구가 생긴 기념으로 아버지에게 소개해 줘야겠으니 따라와라."

"아버지?"

"비도혈문의 문주를 만나고 싶다 했잖아."

"너, 문주의 아들이었어?"

"얼른 와."

무영비주는 그렇게 말하고는 먼저 방 안으로 들어가 버렸다.

피월려는 어색한 미소를 얼굴에 띠며 그를 따라갔다.

제삼십칠장(第三十七章)

피월려는 바스락거리는 소리에 눈을 떴다. 그의 옆에는 침대에 걸터앉은 진설린이 웃옷을 가다듬고 있었다.

"일어나셨어요? 조금 더 주무시지 않고."

진설린은 걱정스러운 어투로 물었다. 피월려가 비도혈문의 일 때문에 하루를 꼬박 새웠기 때문이다.

이틀 동안 음양합일을 못 한 피월려의 몸은 극양혈마공의 양기로 뜨거웠고, 피월려가 귀환한 아침, 그들은 운우지락을 나눴다. 그 직후이니 피월려는 졸음을 이기기 힘들었다.

그가 피곤한 목소리로 말했다.

"어디에 가는 것이오?"

"본가에 가요. 혼사 문제가 잘 끝났다 생각했었는데, 또 일이 생겼나 봐요."

진설린은 황금빛 테두리로 장식된 명경을 손에 들고 화장을 시작했다. 그 모습이 어찌나 새롭게 느껴지는지 피월려의 감긴 눈이 동그랗게 떠졌다.

"화장을 하는 것이오?"

"네."

진설린은 대수롭지 않게 말했다.

피월려는 함께 지내면서 그녀가 이렇듯 정성 들여 화장하는 것을 본 적이 없었다.

천음절맥의 육체로 인해서 입술과 눈썹, 눈동자의 색이 모두 선명하고 밝은 그녀의 얼굴은 화장이 따로 필요하지 않을 정도로 아름다웠다. 게다가 그녀는 자기의 미모를 하나의 저주로 생각하는 여인이기 때문에 더욱 화장하는 모습을 상상하기 힘들었다.

피월려가 물었다.

"어쩐 일이시오? 화장을 다 하고?"

거울 속의 진설린이 그와 눈을 마주치며 살포시 웃었다.

"예쁜가요?"

피월려는 눈동자를 회피했다.

"뭐, 아름답소."

"그럼 화장하지 않은 건 볼품없나 봐요?"

"그런 뜻이 아닌 거 잘 알잖소."

"호호호. 장난이에요."

진설린은 그렇게 한동안 화장에 집중했고 피월려는 곁눈질로 그 모습을 보았다.

그녀의 화장은 다른 보통 여인과 많은 차이가 있었다. 원체 피부가 하얗고 이목구비가 뚜렷하니 딱히 무엇을 덧입힐 필요는 없었고, 다만 머리카락과 눈썹의 잔털을 쳐내고 가지런히 정리하는 데에 많은 시간을 소비했다. 그리곤 웃옷과 어울리는 색상으로 눈 끝과 입술을 칠하며 전체적으로 조화를 이루는 데 중점을 두는 듯했다.

이는 마치 알몸의 상태에서 완벽함을 가진 선녀가, 인간의 옷을 입음으로 깨어진 조화를 화장을 통해 다시 맞추는 듯한 느낌이었다. 아름다움을 도와 완벽한 아름다움이 되기 위한 화장이 아니라, 이미 완벽한 아름다움에서 다른 완벽한 아름다움으로 변하기 위한 화장이라고 봐야 했다. 피월려는 완벽에도 종류가 있다는 것을 그녀의 아름다움을 통해 느낄 수 있었다.

화장을 끝마친 그녀는 침상에서 일어나 피월려의 앞에서 몸을 한 바퀴 돌렸다. 연한 초록빛과 주홍빛이 사르르 녹아든 그 환상적인 모습에 피월려는 넋을 잃는 듯했다.

"예뻐요?"

피월려는 한참을 있다 고개를 끄덕였다.

"그, 그렇소."

"헤헤, 진심인 것 같아 기쁘네요. 그럼 월랑은 쉬세요. 전 다녀올게요."

"아, 알았소. 잘 다녀오시오."

진설린은 여운을 남기는 발걸음으로 나섰고, 그 문틈 사이로 천서휘의 모습이 살짝 비쳤다. 천서휘는 그 어느 때보다 날카로운 눈매를 하고 있었는데, 진설린의 자태를 보는 순간 그도 어쩔 수 없었는지 눈동자가 커졌다.

"천서휘?"

피월려가 묻자, 천서휘가 고개를 내밀어 슬쩍 그를 보았다.

"아, 있군. 진 소저는 내가 잘 호위할 테니 걱정하지 마라. 그나저나 비도혈문의 일로 큰 공을 세웠다고 들었다. 축하한다."

피월려는 피식 웃었다.

"그게 무슨 축하받을 일인가?"

"돌아오는 상도 클 것이니 축하받을 일이지."

피월려는 손을 내저으며 물었다.

"그런데, 너도 황룡무가에 가는 건가?"

"무슨 소리지? 이 며칠간 항상 같이 갔는……."

갑자기 진설린이 문을 반쯤 닫으며 천서휘의 모습을 가렸다. 진설린은 차가운 표정과 영롱한 눈빛으로 피월려를 직시하며 말했다.

"월랑은 쉬셔야 돼요. 그렇죠?"

"뭐… 그렇소."

"우린 이만 갈게요. 잘 있어요."

"알았소. 잘 다녀……."

탁!

진설린은 그의 말을 듣지도 않고 문을 닫아버렸다. 그 뒤, 피월려는 눈을 감고 잠을 청하려 했지만 진설린의 마지막 행동이 묘하게 걸려 마음이 싱숭생숭해졌다.

새침하다 해야 하나, 아니면 쌀쌀맞다고 해야 하나.

피월려는 지금까지 진설린의 그런 모습을 본 적이 없었다.

아니, 딱 한 번 있다.

처음 그녀를 만나 심장을 찔렀던 그날 밤. 황홀한 색기와 서릿발 날리는 차가움으로 무장한 황룡무가의 여인은 그에게 지금과 같은 기분을 선사했었다. 그 여인은 죽었고 태음강시가 된 진설린이 남았다.

어린 소녀처럼 변한 진설린에게서는 다시는 느낄 수 없는 감정이라 생각했다.

"극음귀마공에 무슨 영향을 받은 건가?"

피월려는 자문했지만, 갑자기 쏟아지는 졸음을 참기 어려웠다. 그 질문에 답을 찾는다고 찾았는데, 실상은 우습기만 한 생각들이 뇌를 가득 채웠다. 그 생각은 이야기가 되었고 영상이 되었고, 곧 꿈이 되었다.

얼마나 시간이 지났을까? 피월려는 밖에서 느껴지는 기척에 정신을 일깨웠다. 눈을 번쩍 뜨자 오른쪽 시야에는 흑설의 얼굴이, 왼쪽 시야에는 아루타의 얼굴이 들어왔다.

"까르르……."

"크릉!"

뭐가 재밌는지, 그 둘은 피월려를 내려다보며 웃음을 터뜨렸다. 피월려는 손을 들어 얼굴을 쓸고는 정신을 똑바로 차렸다. 하지만 대낮에 일어나서 그런지, 정신줄이 잡힐 듯 말 듯 잘 잡히지 않았다.

"지금 몇 시지?"

피월려의 질문에 흑설이 대답했다.

"신시예요."

"그래? 일어나야겠군."

피월려가 막 몸을 일으키려는데, 흑설이 그의 팔에 매달리면서 물었다.

"월려 아저씨! 스승님이 그러는데, 다음번에 안 나오면 생사혈전을 신청할 거래요."

"뭐? 근데, 스승님이 누구야?"

"주 소 자, 군 자예요."

피월려는 뭔가 울컥하는 것을 느꼈다.

"아… 그래, 말 몇 마디 던져준 주 형은 스승이고, 며칠 동안 생고생을 하며 무공의 기초를 닦아준 난 아저씨야?"

"피이… 질투하세요?"

"됐다."

"알았어요. 월려 아저씨도 스승님이라고 불러 드릴게요."

"됐어."

피월려는 화가 났고, 자기가 화가 났다는 사실에 다시 한번 화가 났다.

어린애를 데리고 뭘 하는 건지 회의감이 들기도 하고 미안하기도 해서 그는 서둘러 욕실로 들어갔다. 흑설은 그의 뒷모습을 보며 입술을 삐쭉거렸고, 어깨에 올라탄 아루타가 볼을 핥으며 그녀를 위로해 주었다.

따뜻한 물에 전신을 담그니 살짝 지근거리던 두통이 사라지고 정신이 맑아지는 듯했다. 그는 대충 몸을 씻고 밖으로 나왔다. 그런데 앞에 흑설이 한 손에는 물 잔을, 한 손에는 주먹밥을 들고 있었다.

"배고프죠? 헤헤, 이거 드세요."

피월려는 그 뒤에 서 있는 주하를 보고, 그녀가 준비해 준 것이라 짐작했다.

피월려가 말했다.

"오, 이런 걸 다 준비했어?"

피월려는 그것을 받아 들며 입에 넣었다. 주먹밥의 크기는 별로 크기 않았기 때문에 몇 번 씹고는 삼켜 버렸고, 잔의 물도 금방 비웠다.

피월려는 흑설의 머리를 쓰다듬고, 겉옷을 챙겨 입었다. 그러자 흑설이 그에게 쪼르르 달려와서 말했다.

"나가요?"

왠지 모르게 풀이 죽은 듯했다. 피월려는 무릎을 꿇어 흑설과 눈을 마주치며 물었다.

"왜? 안 좋은 일 있어?"

"아니, 그건 아니고요……."

"혼자 있는 게 무섭니?"

흑설은 눈썹을 모으더니 갑자기 아루타를 들고 양손을 뻗어 피월려의 코앞에 들이댔다.

"혼자 아니에요! 아루타도 같이 있어요!"

피월려는 자기도 모르게 뒤로 물러나며 말했다.

"그, 그래……. 근데 왜 그래?"

흑설은 다시 아루타를 품에 안더니 눈을 아래로 내리며 나지막하게 말했다.

"그냥요. 심심해서요. 아루타도 심심해하고."

"그렇다고 혼자 나가면 안 돼. 밖은 위험해."

"그건 알아요. 복도에는 아루타도 나가고 싶어 하지 않아요. 단지 그냥 방 안에만 있기에는 너무 심심해서요."

피월려는 손을 뻗어 그녀의 머리를 쓰다듬었다.

"걱정하지 마. 아마 곧 천살가에서 사람을 보내 널 데려갈 거야. 그곳에 가면 심심할 일이 없을 테니 기대해도 좋다."

차라리 심심하고 싶어질 것이다. 천살성만 모이는 천살가의 시험이라면 어린 소녀라 할지라도 봐주는 것 없이 혹독할 테니 말이다.

흑설은 손을 매만지며 물었다.

"그, 천살가로 가면… 월려 아저씨도 같이 와요?"

스승님이라 하지 않았지만, 피월려는 추궁하지 않았다. 대신 다시 가까이 다가가며 다정하게 말했다.

"같이 못 갈 거야. 아저씨가 많이 그리워도 어쩔 수 없단다."

그의 말에 흑설이 눈동자에 의문을 담았다.

"내가 왜 아저씨를 그리워해요?"

"으응?"

"내가 왜 아저씨를 그리워하냐구요."

"아, 아니야? 그럼 왜 같이 가냐고 물어본 건데?"

"아저씨가 가르쳐 준 무공 중에 아직 배울 것이 많아서요. 그걸 다 못 끝마치고 가는 게 싫어서요."

"……."

"월려 아저씨?"

말없이 일어나는 피월려를 보며 흑설이 물었고, 피월려는 가까스로 그녀를 다시 보지 않았다.

짜증이 가득 담긴 표정을 보여줄 수밖에 없었기 때문이다.

그 광경을 묵묵히 보던 주하가 피월려에게 넌지시 말했다.

"천살성입니다. 아시잖습니까?"

피월려는 말없이 걸음을 걷기 시작했다. 그리고 주하를 지나치면서 딱딱하게 대답했다.

"잘 아오."

그는 인사 없이 방문을 나섰고, 그 모습을 못마땅하게 보던 주하는 흑설에게 손을 흔들어주고는 같이 밖으로 나갔다.

홀로 남은 흑설은 고개를 갸우뚱하며 아루타를 양손으로 잡아 눈앞에 두고는 물었다.

"내가 뭐 잘못한 건가?"

목이 잡힌 아루타는 얼굴이 두 배로 부은 채, 의미를 알 수 없는 울음소리를 토해냈다.

"카룽!"

*　　　*　　　*

주화는 반보 뒤에서 피월려를 따라가며 말했다.

"내리신 명은 완수했습니다."

피월려가 물었다.

"그런데 왜 나를 깨우지 않았소?"

"아침에 귀환하시고 명을 내리셨을 때 굉장히 피곤해 보이셨습니다. 매우 곤히 잠을 청하고 계셔서 깨우기 망설여져 그랬습니다만, 혹 급한 일이었습니까?"

"그건 아니오. 잘하셨소. 그곳 분위기는 어땠소?"

피월려가 주하에게 내린 명은 천마신교에서 흡수한 하오문 지부에 가라는 것이었다. 그곳에 가서 주변 상황을 보고, 어느 정도 정리가 되었다면 깨워달라고 했었다.

주하는 아침 상황을 기억하며 대답했다.

"제이대와 제삼대가 낙양에 존재하는 모든 하오문 거처를 정리했습니다. 그 뒤 마조대가 와서 뒤처리를 했는데, 이미 그림을 그려놨는지 몇 시진 지나지 않아 그 방대한 자료를 완전히 수중에 넣었습니다."

"지부장께서 지속적으로 마조대를 하오문에 침투시킨 이유가 바로 거기 있던 것일 터요. 하오문의 중추 세력을 제거하고

난 뒤 생길 혼란을 최대한으로 이용하기 위해서 말이오."

"놀라우신 분입니다. 이로써 낙양에서만큼은 하오문과 살막까지도 천마신교의 지배를 받게 되었습니다."

"아직 속단하긴 이르오. 천마신교에서 누구를 하오문주로 추대하여 꼭두각시로 세울지는 미지수지만, 그전까지는 잘 소화시켰다고 말할 수 없을 것이오. 하오문은 깊고 방대하고 은밀한 문파니 말이오."

"그렇습니까……."

"우선적으로 낙양의 정보 흐름을 완전히 틀어쥐었다는 점은 확실히 이득이오. 하지만 아직 손익을 따지기에는 무리가 있을 것이오. 무영비주는 어디 있소?"

"현재 장거주의 집에 계십니다."

"그쪽으로 가면 되겠군."

주하는 대답하지 않았다. 그 대신 옅은 미소를 지으며 중얼거렸다.

"이런 건 사실 제겐 안 맞는 듯합니다."

"이런 거라면?"

"심계 말입니다."

피월려는 작은 웃음을 터뜨렸다.

바로 뒤에서 걷는데도 기척을 느낄 수 없을 정도로 그녀는 뛰어난 살수다. 그런데 갑자기 어수룩한 모습을 보이니, 그 차이가 왠지 모를 재미를 가져다주었다.

"하하하……. 그래도 살수로서는 젊은 나이에 엄청난 경지에 이르렀지 않소?"

주하는 짐짓 심각한 듯 말했다.

"피 대원을 옆에서 지켜본 바로는, 아무리 강력한 무공을 지녔다고 할지라도 무림에서 꼭 살아남는다고는 볼 수 없는 것 같습니다."

피월려는 생각나는 인물이 있었다.

"황룡검주를 말하는 것이오?"

"아니요. 그는 엄밀히 보면, 무공에서 밀려 죽은 것입니다. 천 명의 적과 싸웠다고 해도 무력으로 밀린 건 사실입니다. 하지만 제가 말하는 건 그런 것이 아닙니다."

"그럼 무엇이오?"

주하는 뭐라 표현할 수 없는지 대답하기까지 시간이 조금 걸렸다.

그녀는 조심스레 말을 시작했다.

"심계는 서로가 서로를 이용하려는 데에서부터 시작하는 것입니다. 그 과정에서 서로의 행동을 예측하고 그것을 방비하는 것이라 배웠습니다. 하지만 피 대원과 함께 지낸 시간 동안 느낀 무림의 심계는… 뭐랄까, 그런 설명과 격이 다른 심계였습니다."

"어떻게 달랐소?"

"서로가 행동을 예측하는 것은 물론이오, 그 행동을 하도록 유도합니다."

"유도?"

"자기가 원하는 식으로 적을 행동하게 만든다고 할 수 있겠습니다. 거짓된 이해득실을 미끼로 설득시켜 원하는 방향으로 가게 만드는 것이죠. 그런 심계에 당한다면, 아무리 고강한 무공을 지녔다고 해도 결국 이리저리 끌려다닐 뿐입니다."

피월려는 그 말에 대해서 고심하다 말했다.

"사실… 그 둘은 같은 것이오."

"둘이라면 무엇을 말씀하시는 것입니까?"

"예측과 유도 말이오. 그 둘은 근본적으로 같은 것이오."

"어떻게 말입니까?"

"무림에서 지내며 여러 풍파를 겪다 보면 자연스럽게 내성이 생기게 마련이오. 따라서 노련한 무림인의 행동을 예측하는 것은 거의 불가능하오. 그런 무림인의 행동을 예측하기 위해선, 그 사람의 행동 방향을 어느 정도 억누를 필요가 있소."

"그것이 유도란 말입니까?"

"그렇소. 더 쉬운 예측을 위해서 유도하는 것이고 더 쉬운 유도를 위해서 예측하는 것이오. 그러니 그 둘을 다른 것으로 생각할 수는 없을 것이오."

"……"

주하는 말이 없었다. 피월려는 그녀가 그의 말에 대해서 깊은 생각을 한다고 생각했다.

그들은 그렇게 한동안 말없이 걸어 지부 밖으로 나갈 수 있었다. 대낮의 밝은 해와 가을의 서늘한 날씨가 그들을 반겼고, 그들은 붐비는 사람들 사이를 걸으며 장거주의 집으로 향했다.

거리가 어느 정도 한적해지자, 피월려가 불쑥 물었다.

"전에 말했던, 뇌지비응은 조금 차도가 있소?"

피월려는 묵묵한 그녀와 말이라도 섞어보고자 물어본 것이었다. 그런데 주하는 화들짝 놀라면서 그를 보았다.

"예? 무슨 말을 하셨습니까?"

보아하니, 지금까지 심계에 관해서 고심한 듯 보였다.

피월려가 다시 말했다.

"뇌기와 전기의 차이에 대해서 말이오. 전에 그것을 고민하시지 않았소?"

"아……"

주하는 그의 말을 듣더니, 다짜고짜 옆으로 바싹 다가왔다.

그녀는 초점 흐린 눈동자로 땅을 내려다보며 말을 이었다.

"안 그래도, 방금 심계에 관한 피 대원의 설명이 묘하게 뇌지비응의 구결과 연결되는 것 같습니다. 그래서 조금 고심하던 차입니다만…….”

피월려도 주하도 서로 간의 간격에 민감한 사람들이다. 평소에 누군가 가까이 다가오는 것을 꺼리고 자기가 먼저 다가가지도 않는다.

그러니 이토록 가까이 붙은 주하가 피월려는 어색하게만 느껴졌다. 그러나 심각하기 짝이 없는 주하의 표정을 보니, 자기의 행동을 자각하고 있진 않은 듯했다. 단지 조금이라도 피월려의 말을 놓치지 않고자 열심인 듯싶었다.

피월려는 본능적으로 몸을 떨어뜨리려 했으나 곧 관두었다. 주하가 그의 반응을 보고 어색한 감정을 느껴 대화를 그만두려는 것이 싫었기 때문이다.

피월려가 말했다.

“어떤 부분인지 설명해 주시겠소?”

주하는 그 말을 기다렸다는 듯이 평소보다 빠르고 정확한 발음으로 말했다.

“뇌기(雷氣)는 양의 성질을, 전기(電氣)는 음의 성질을 띤다고 말씀드렸잖습니까? 그런데 그건 음양의 관점으로 봤을 때만 그렇습니다. 자연에서 보이는 뇌기나 전기는 사실 하나입니다만, 그것을 기학적으로 이해하기 위해서 억지로 구분을 둔 것입니다. 기학 서적을 자세히 살피니 뇌기와 전기는 이론적으로만 구분되었을 뿐, 실제로 구분할 수 있는 수단은 전무하다고 했습니다. 그렇다면 이는 원래 하나인 것을 인간이 이해하기 위해서 둘로 나눈 것입니다. 그래서 명칭은 둘을 함께 불러 뇌전(雷電)이라 하는 것이 옳습니다. 뇌전이야말로 실존하는 대상인 것입니다. 그 뇌전은 태우는 성질과 제약 없이 움직이는 신속한 성질이 있습니다. 이 중 매개체를 태울 때는 뇌기, 매개체를 완전히 통과할 때는 전기라 부르는 것입니다. 그것은 매개체의 특성으로 정해지는 것으로써, 뇌전이 어느 매개체 속에서 흐르느냐에 따라 뇌기가 되기도 하고 전기가 되기도 합니다. 이를 오랫동안 연구한 사람의 말에 의하면 양에 속한 매개체 속에서는 뇌기가 되고 음에 속한 매개체 속에서는 전기가 된다 합니다. 그 사람이 정리하기를 뇌전은 음양의 관점에서는 어느 한쪽으로 치우치지 않는 완벽한 것인데, 그런 완벽한 것은 음양으로 나누어진 이 세상에 실존할 수 없다 합니다. 따라서 때로는 양의 모습을 빌리고 때로는 음의 모습을 빌린다고 합니다. 이를 토대로 뇌지비웅에 적용시켰을 경우, 뇌지비웅을 시전하기 위해 필요한 것은 음으로나 양으로 치우쳐진 기운을 사용할 수 없다는 결론에 이릅니다. 뇌지비웅에 필요한 뇌기를 생성하기 위해서는 뇌기만을 생성하는 것도 아니고 전기만을 생성하는 것도 아닙니다. 둘 다, 즉 뇌전을 만들어야 합니다. 수검에 뇌기도, 전기도 아닌 뇌전을 담아야 하는 것입니다. 하지만 이는 인간이 펼칠 수 없다는 말이 됩니다. 대자연의 기를 받아들여 몸에 쌓을 경우, 여자는 여자의 음양 비율에 따라, 남자는 남자의 음양 비율에 따라 내력을 쌓을 수밖에 없습니다. 내공을 익혀 내력을 쌓는다는 의미 자체가 내공에 특색을 씌워서 대자연의 기를 단전 속에 담아두는 것 아닙니까? 따라서 저는 여기까지 생각하고는 뇌지비응이라는 초식이 이론상 가능할 뿐, 시전하는 것은 불가능하다고 여겼습니다. 인간의 내력은 음양의 관점으로 완벽할 수 없기 때문에 음양의 관점에서 완벽한 뇌전을 생성할 수 없다고 생각한 겁니다. 하지만 방금 피 대원께서 하신 말씀을 들으니, 다시 한번 연구해 볼 가치가 있다는 예감이 들었습니다. 바로 전에 심계에 있어 예측과 유도는 서로를 상호 호환한다고 말씀하셨습니다. 하나가 다른 하나를 만들고 또 다른 하나가 다른 하나를 만드는 것 말입니다. 그것을 뇌기와 전기에 적용하면 뇌전이 어떤 형태로 현실화되는지 상상할 수 있습니다. 음양에는 최상극은 곧 무상극이고, 가장 먼 것은 가장 가까운 것이라는 말이 있습니다. 저는 지금까지 뇌지비응을 전지비응으로 바꿔 생각하면서 전기를 수검에 담으려 했습니다. 하지만 전기를 담게 되면 뇌기의 특색이 사라져 적에게 강력한 피해를 입힐 수 없습니다. 따라서 어떻게든 뇌기를 그 속에 첨가시키려 했습니다만 그것이 잘못된 생각임을 깨달았습니다. 오히려 오로지 순수한 전기만을 그 속에 담아야 진정으로 뇌전의 모습이 될 것입니다. 극한을 넘어서 완벽이란 수준의 전기를 담아야 그것이 곧 뇌전이 되고, 따라서 완벽한 뇌기로 탈바꿈할 수 있게 되는 겁니다. 피 대원의 생각은 어떠십니까?"

피월려는 그녀의 질문에 매우 당황했다. 처음에는 집중했지만 가면 갈수록 가관인 것이 더는 못 들어주겠어서, 한쪽 귀로 듣고 한쪽 귀로 흘렸었다. 가끔씩 고개를 끄덕이고 의미없는 맞장구만 쳐줬는데, 이렇게 물어오니 뭐라 대답해야 할지 감을 잡을 수 없었다.

그는 작은 죄책감에 헛기침을 하며 얼추 대답했다.

"크, 크흠. 소저의 생각이 매우 참신한 것 같소."

그러자 주하의 표정이 눈에 띄게 밝아졌다. 항상 차갑던 그녀가 이토록 밝은 얼굴을 할 수 있는지 의문이 들 정도로 화색이 돌았다.

그녀가 높아진 어조로 대답했다.

"그렇군요! 피 대원께서도 그리 생각하신다면 분명히 연구할 가치가 있을 겁니다. 감사합니다."

"뭐, 그런 것을 가지고 그러시오."

"그러면 하나만 더 물어봐도 되겠습니까?"

"으응?"

"다름 아니라, 뇌지비응의 구결에는 또 한 가지 이상한 부분이 있습니다. 이는…….”

그렇게 시작한 주하의 말은 끝날 줄 몰랐다. 지난 한 달 동안 그에게 한 말을 전부 합쳐도 이보다 많을 것 같지 않았다.

피월려는 주하가 십 대 후반의 나이에 어떻게 이토록 강력한 무공을 지녔는지 알 것 같았다.

무공을 논하는 데 있어서는 어린아이에 비교될 만큼 지독히도 순수한 면모를 보이는 것이, 그것을 얼마나 사랑하는지 알 것 같았다. 천마신교라는 암울한 환경에서 정붙일 곳 없었던 그녀에게 유일한 위로가 된 것이 무공이 아닌가 하는 생각까지 들었다.

하지만 그렇다고, 주하가 하는 모든 말을 들어줄 순 없었다. 처음 듣는 입장이기도 하고 전문가도 아닌 터라 피월려는 그녀가 하는 말을 태반 이해할 수 없었다. 그런데 그녀는 그런 입장을 전혀 고려하지 않은 채 자기의 생각만을 주야장천 말했기 때문이다.

그렇게 피월려는 장거주의 집에 도착할 때까지 고개를 살짝살짝 끄덕이는 것으로 주하의 질문을 경청하는 척할 뿐이었다. 그럼에도 주하는 자기 혼자 매우 만족한 듯 보였다.

피월려는 장거주의 대문을 열며 중얼거렸다.

“고치는 것 하나는 빠르네.”

주하는 그 말의 의미를 몰라 잠시 말을 멈추고 그를 올려다

보았다. 그런데 퍼뜩 주위 환경이 눈에 들어왔다. 신나게 말하느라 인식하지 못했는데, 장거주의 집 주변에는 수많은 사람이 바삐 움직이고 있었던 것이다. 그중에는 천마신교의 마인이나 이대원도 많았다. 전속대원으로서 모범을 보여야 할 그녀인데 이렇게 모습을 보이니 갑자기 부끄러워졌다. 얼굴이 붉어지기 전에, 그녀는 얼른 몸을 숨겼다.

피월려는 갑자기 사라지는 그녀 때문에 자기도 모르게 주변 환경을 살폈다. 사람들은 모두 온갖 종류의 서류 더미를 가득 들고 있거나, 빠른 속도로 대화를 나누고 있었다.

하오문을 장악하려는 천마신교 낙양지부는 마조대를 통해 장거주의 집을 본거지로 삼아 하오문의 정보를 모두 흡수하고 있었다.

그 책임자로 무영비주인 혈적현을, 마조대 낙양단장인 지화추를 감사로 세우고 남은 하오문과 살막의 인원, 그리고 마조대의 연대를 조율했다. 하오문주를 잃어버린 하오문이 흩어져버리기 전에 최소한 하남성에 관한 정보는 모두 손에 쥐려는 것이 목표였다.

피월려는 사람들 사이를 지나 본가로 갔고, 대청에서 여러 사람에게 둘러싸여 있는 혈적현을 볼 수 있었다. 그는 다른 사람과 다르게 의외로 한가해 보였는데, 가끔가다 한 마디씩 툭툭 명을 내리는 것 말고는 하는 것이 없어 보였다.

그가 피월려를 발견하고는 손을 들었다.

"왔나? 피곤하지 않아?"

혈적현의 말투는 매우 편했다. 친우가 되고 나서부터 그는 스스럼없이 피월려를 대했고, 피월려도 거기에 맞춰가는 중이었다.

피월려는 대청에 올라가서 혈적현의 앞에 앉으며 옷을 탁탁 털었다.

"충분히 잠을 잤다. 다시 보는군, 적현. 많이 바쁜가?"

"급한 불은 다 껐어."

"그래도 하오문의 움직임을 통제하긴 힘들 텐데."

혈적현은 팔짱을 꼈다.

"하오문도는 전부 눈치가 빨라. 하오문주가 죽은 시간으로부터 다섯 시진이나 지난 지금까지 수거하지 못한 정보는 모두 소거됐다고 봐야 해."

"그럼 하오문의 잔당은 어떻게 되는 거지?"

"하오문에는 잔당 같은 것이 없어. 정보원들은 누가 상부가 되던 관심이 없고, 그저 자기한테 떨어지는 정보요금(情報料金)에만 관심이 있거든. 그들은 누구에게도 충성을 바치지 않아. 단지 위로 가면 파(派)가 있을 뿐이지. 만약 잔당이 있다면 그 파의 잔당이겠지. 괴뢰지 파가 죽었고 다른 파가 올라설 거야. 그뿐이지."

"네가 하오문주가 되겠다는 것도 그런 뜻이었나?"

"이제 와서 밝혀진 것이지만, 괴뢰지 파가 강력했던 이유는 살막과 하오문, 둘을 모두 통솔했기 때문이야. 살막의 일급살수 중 다섯이나 하오문의 실세 장로였지. 그들이 모두 제압당했으니, 협조만 잘한다면 내가 하오문주가 되는 것도 꿈은 아니지. 물론 천마신교에서 밀어줘야 하겠지만."

"그건 나도 확답을 못하겠군."

"뭐, 상관없어. 내가 직접 설득하면 되니까. 그나저나 부탁했던 거 알아봤어."

피월려의 눈빛이 한순간 빛났다.

"어떻게 됐지?"

혈적현이 옆에 있는 문고에서 한 종이를 꺼냈다. 너무나도 작은 글씨가 빼곡하게 적혀 있어, 멀리서 보면 회색으로 보일 지경이었다.

혈적현이 그 글을 자세히 보며 말하기 시작했다.

"좌추가 가담한 오 년 전 일은 하오문주 괴뢰지가 직접 꾸민 일로, 당대 내로라하는 도둑들을 모두 모아서 계획적으로 한 일이야. 총 인원은 백여 명이 넘어갔고, 행동 인원은 이십 명 정도 되었지."

"거사 중에 거사였군. 그래서 그 대인원을 동원해 어디를 털었지?"

"소림파."

피월려는 순간 귀를 의심했다.

"소림파?"

"그래. 그들은 소림파의 무공을 훔치려 했다."

"정말이야? 도둑들이 그런 미친 생각을 했다고?"

"하오문주가 계획한 거라니까. 그 당시 소림파는 감히 누가 침범할 생각조차 하지 않았는지 최소한의 경계도 하지 않았다고 쓰여 있어. 그래서 그 허점을 노리고 간 큰 계획을 세웠다고. 만약 성공할 경우 단 한 번도 외부에 공개된 적이 없었던 소림파의 무공을 손에 넣게 되는 것이니, 상상을 초월하는 가격에 팔아넘길 수 있었을 거야."

"그런데, 그걸 성공했대?"

"설마. 소림파의 무승에게 모두 괴멸되고 가담했던 도둑들의 구 할이 모두 제압을 당했다고 쓰여 있어. 단 하나도 훔쳐내지 못했고, 계획은 완전히 실패한 것으로 끝이 났지."

"그럼 좌추는 그때 감옥에 들어간 건가?"

"그건 아니야. 좌추는 살아남은 일 할에 속한 도둑이었어. 그는 탈출하고 난 뒤, 계속해서 낙양에 자리를 잡는 대범함을 보였다고 하는군. 등잔 밑이 어둡다고 하잖아. 그걸 이용한 거지."

"그러면 좌추는 어떻게 감옥에 들어가게 된 거야?"

"그는 그 일이 있은 며칠 뒤에 관에 자수했어."

피월려는 더 미궁 속으로 빠져드는 것 같았다.

"자수라면, 설마 스스로 감옥에 들어갔다는 건가?"

"어."

"이유는?"

"그건 나와 있지 않아. 또 한 가지 특이한 점은 원래 양 손목을 자르려던 걸, 양 발목으로 해달라고 간청했다더군. 죄책감 때문에 더욱 참회하고자 그리 말했다고 했는데, 진짜 이유는 아무도 모르지."

"……."

피월려는 턱을 괴고 고개를 숙였다. 초점이 흐린 것이 매우 깊이 생각하는 듯 보였다. 그를 보던 혈적현은 잠시 뜸을 들이다가, 서류 뭉텅이 속에서 또 다른 종이 하나를 꺼내 들어 다짜고짜 피월려에게 내밀었다.

피월려는 눈을 돌려 그것을 보았고, 거기에는 한 사람의 초상화가 그려져 있었다. 피월려가 물었다.

"누구지?"

혈적현은 대답했다.

"어디서 많이 본 얼굴일 텐데."

"글쎄, 도무지 모르겠는데."

혈적현은 피식 웃으면서 손가락으로 한 방향을 가리켰고,

피월려는 그곳으로 시선을 돌렸다.

거기에는 금으로 덧칠된 벽이 있었는데, 반짝반짝 빛나는 그 속에서 피월려는 자기의 얼굴을 확인할 수 있었다.

피월려는 화들짝 놀라며, 혈적현이 들고 있던 종이를 가로챘다.

"뭐, 뭐야? 나잖아? 공적(公敵) 대마두(大魔頭) 광소지천(珞嘯沚川)의 제자?"

광소지천은 오랫동안 무림파의 추적을 받다가, 며칠 전 피월려에 의해서 살해된 무림인이다.

혈적현은 손가락으로 종이 아랫부분을 친히 가리켰다. 그곳에는 무당파 배상(拜上)이라는 글자가 작게 적혀 있었다.

그가 소곤거리듯 말했다.

"무당파에서 널 찾는 것 같은데?"

"무, 무슨! 왜 나를 무당파에서 찾아! 게다가 왜 내가 광소지천의 제자야?"

혈적현은 귀를 만지작거렸다.

"알아보라고 했는데, 그건 개방에서 흘러나온 거라고 하더군. 며칠 전 낙양에서 죽은 광소지천의 주검에서 광소지천의 독문검공인 낙성(落星)의 흔적이 발견되었어. 그런데 그를 살해하는 젊은 남자를 목격한 사람들이 있었지. 이 초상화는 그들의 기억을 토대로 완성한 거야. 근데 네 얼굴이 나왔지."

"……"

"낙성을 아는 사람은 오로지 광소지천, 아니면 그가 비밀리에 가르쳐 준 제자뿐이겠지. 그 때문에 무당파에서는 널 광소지천의 제자로 생각하는 것 같다."

"근데 왜 나를 찾는 건데? 척결 대상을 대신 죽여줬으니 포상이라도 해주겠다는 건가?"

"정반대지. 광소지천은 공적이야. 그와 두터운 인연이 있는 모든 사람은 똑같이 척결 대상이 되는 거다. 그의 제자라면 말할 것도 없어."

"그래서 내가 무당파의 척결 대상이라 이거지? 그런데 왜 갑자기 지금에서야 이러는 거지?"

"내가 봤을 때 하오문주가 최근에 결정적인 정보를 의도적으로 개방에 흘린 것 같아. 즉, 천마신교와 손을 잡겠다고 해놓고도 최후의 복수를 한 것이지."

"빌어먹을."

피월려는 욕설을 씨불이며 얼굴을 잔뜩 구겼다. 하오문주가 괜히 하오문주가 아니다. 그는 죽어서도 피월려의 목숨을 위협했다. 피월려를 곤경에 빠뜨리기 위해서 준비한 안배가 도대체 몇 개나 되는지 세는 것조차 짜증 났다.

그 모습에 살짝 웃으며 혈적현이 물었다.

"너, 그런데 정말로 낙성을 알아?"

"그냥 발검술이야. 낙성 같은 이름은 없었어. 검공도 아니고 그냥 검술."

"광소지천은 무당파의 척살 속에서 7년을 살아남은 자야. 그자의 무공이 볼품없을 리가 없지. 그의 특이한 검상을 보고 낙성이란 이름을 붙인 것도 무당파야. 그건 그들도 광소지천의 독문검술을 인정한다는 뜻이다."

"설마. 죽은 제자들 때문에 체면이 안 서니까 적을 치켜세운 거야. 진짜 별 볼 일 없는 거라니까. 마땅한 초식도 없어. 그냥 검을 뽑거나 휘두를 때 손가락을 이렇게 쥐고……."

피월려는 허리에 찬 역화검을 뒤로 한 번 크게 휘둘렀다. 그러고는 다시 검집에 넣고 말을 이었다.

"이렇게. 휘두르는 것뿐이지."

피월려는 대수롭지 않게 말했지만, 혈적현의 표정은 사뭇 진지했다.

혈적현이 다소 낮은 어조로 중얼거렸다.

"소리가 안 나는군."

"뭐?"

"그토록 빠른 속도로 휘둘렀는데……. 소리가 나지 않아. 아니, 하다못해 당연히 생겨야 할 바람조차 없어……."

"그, 그랬나?"

피월려는 방금 장면을 머릿속으로 그렸다. 그런데 혈적현의 말처럼 정말로 소리가 나지 않았던 것 같다.

멍한 표정의 혈적현이 말했다.

"다시 해봐."

"안 그래도 해보려고 했어."

피월려는 다시 검에 손을 가져갔다. 그런데 그때 어디서 말이 달리는 소리가 들리는가 싶더니, 갑자기 대청 안으로 흙먼지가 들어와 사방을 뿌옇게 만들었다. 입과 코를 막고 한참을 기침하던 피월려와 혈적현은 대청 바로 앞마당에 선 한 남자를 볼 수 있었다.

흰 머리가 가득한 선한 인상의 사십 대 남자, 호사일이었다. 두 말을 끌고 마당까지 달려올 만큼 다급한 그의 심정이 표정에서 여과 없이 드러나고 있었다. 옷 또한 대충 걸치고 나온 것인지 흰 속옷이 삐죽빼죽 튀어나와 있었다.

피월려가 물었다.

"호 대원이 아닙니까? 호 대원께서 여긴 어쩐 일이십니까?"

호사일은 빠르게 그에게 다가와 다급한 목소리로 말했다.

"명이 내려졌소. 피 후배는 지금 당장 나와 같이 가야 하오."

"존명. 그런데 무슨 일인데 그러십니까?"

그는 피월려의 질문을 무시하고 그 뒤에 있는 혈적현을 보며 말했다.

"무영비주, 미안하지만 피 후배를 데려가야겠소."

혈적현이 물었다.

"무슨 일입니까?"

"우리가 구속했던 일급살수 중 네 명이 지부에서 탈출했소. 각기 동서남북으로 도주했는데, 나와 피 대원은 북쪽으로 탈출한 살수를 추격하라는 명이오."

이는 혈적현에게 큰일이다. 이제 막 살막주가 되려는 참인데, 그들이 도주하여 하오문주이자 살막주였던 괴뢰지가 죽은 진상을 밝힌다면 살막 살수들의 지지를 받는 데 문제가 생길 가능성이 컸기 때문이다. 그 누구도 천마신교의 수족이 된 무영비주를 살막주로 추대하지 않을 것이다.

혈적현이 대답했다.

"한시가 급한 일인 것 같습니다. 서둘러 데려가십시오. 그럼 피월려, 오늘은 이만 가봐."

사태를 이해한 피월려도 서둘러 몸을 일으켰다. 그는 역화검을 고쳐 메고는 살포시 고개를 끄덕였다.

"다음에 보지."

호사일은 이미 내려가 말에 올라타고 있었다. 그는 피월려가 다른 말에 올라타기도 전에 먼저 출발을 해버렸다. 피월려는 황급히 말을 몰아 그를 바짝 따라갔다. 그러면서 큰 소리로 말했다.

"주 소저. 나와 함께 말을 타시오. 추격전은 지구력이 중요한데 괜히 힘쓰지 않는 편이 좋을 것 같소."

[알겠습니다.]

주하는 즉시 어딘가에서 불쑥 튀어나와 달리는 말 위로 뛰었다. 피월려는 그녀를 부드럽게 받았고, 주하는 피월려의 앞에 안착했다. 피월려는 갑자기 무게가 늘어나 놀란 말을 진정시키면서 주하에게 말고삐를 넘겨주었다.

마방이 문을 닫은 지 꽤 시일이 지났는지라 마로에 말이 없었다. 때문에 낙양을 가로질러 달리는 피월려 일행의 모습에 이목이 집중되었다. 그럼에도 속도를 낮추지 않는 것을 보면, 호사일은 은밀함보다는 신속함을 먼저 생각하는 듯했다.

피월려는 앞에서 말을 몰고 있는 주하에게 말했다.

"혹시 짐작 가는 일이 있소?"

주하가 대답했다.

"잘 모르겠습니다. 다만 네 명의 살수가 모두 도주할 수 있었다는 것이 조금 마음에 걸립니다. 그들의 능력으로 해냈다기보다는 본 교의 실수가 컸을 가능성이 있습니다. 아마 관리를 못 한 책임을 누군가에게 물어야 할 것입니다."

"흐음, 내 생각도 같소. 아무리 살막의 일급살수라고 하나 천마신교의 지부는 그 특성상 도주하기가 매우 어려운 곳이오. 누군가 일부러 도와주었다고 봐도 무방하오."

주하는 잠시 말이 없다, 이내 나지막하게 말했다.

"누군가 실수한 것이 아니라 배신을 했다는 겁니까?"

"그렇지 않고서야 전체가 진법으로 이뤄진 지부에서 탈출할 수 있을 리 없소. 그것도 네 명이 동시에 말이오."

"흠, 그렇게 볼 수도 있겠군요."

"뿐만 아니라 동시에 동서남북으로 갈라졌다면 이는 원래부터 계획적이었을 수도 있소. 한 명이라도 살아남기 위해서 사방으로 분산한 것이겠지. 그런데 허리는 괜찮소?"

안장은 둘이 앉기에는 너무 비좁았다. 주하가 자신의 앞에서 무릎과 허리의 힘으로 안장 없이 버티고 있었기에 걱정이 된 것이다.

주하는 담담한 목소리로 대답했다.

"상관없습니다. 살수가 관로로 도망치진 않을 테니, 성문에 도착하면 말에서 내리겠지요. 아마 반 시진만 버티면 될 것입니다."

"알겠소."

피월려는 비켜주고 싶었지만 그녀의 솜씨를 잘 아는지라 굳이 말하지 않았다.

주하의 말대로 그들은 반 시진 만에 북문에 도착했다. 피월려는 황룡무가를 지나가며 무심코 대문을 보았다. 봉문이란 글은 대문에서 떼어냈지만, 여전히 대문을 걸어 잠그고 누구의 출입도 허락하지 않는 것 같았다. 진설린이 생각났지만, 임무 중에 허튼 행동을 할 순 없어 그대로 지나쳐야 했다.

호사일은 말을 버려두고는 다짜고짜 밖으로 나갔다. 낮이라 그런지, 군병들이 별로 제재하지 않았다. 곧이어 피월려와 주하도 나갔고, 숲속으로 들어가는 호사일을 따라 한참을 걸었다.

피월려는 호사일이 매우 진지한 표정으로 일관하는 통에 말을 붙이지 못했다. 호사일은 땅의 발자국을 찾는지 이리저리 둘러보며 빠르게 걷는 것을 반복했다.

"역시……."

절대로 말할 것 같지 않던 호사일이 작게 중얼거리며 허리를 폈다. 그의 표정에서 진지함이 옅어지자, 피월려가 대화를 시도했다.

"바삐 움직이는 건 알겠지만, 우리에게도 상황을 좀 설명해 주십시오."

피월려의 말이 끝나자 호사일이 그를 돌아보았는데, 마치 지금까지 이곳에 있었다는 것을 몰랐던 것처럼 그를 위아래로 훑었다.

"아, 미처 설명하지 못해 미안하오. 그런데 우리라니? 혹 이 대원이 있는 것이오?"

피월려는 주위를 둘러보았고, 곧 주하가 몸을 숨기고 있다는 것을 알 수 있었다.

그가 말했다.

"그렇습니다."

"그 주하라는 여인이오?"

"예."

"아무리 그녀가 전속대원이라고 하나 지금 상황에 우리와 함께 있는 것은 매우 비효율적인데……. 혹 대화가 가능하시오?"

주하는 즉시 나타나더니 딱딱한 목소리로 말했다.

"전 피 대원에게서 떨어지지 않을 것입니다."

호사일은 눈을 날카롭게 뜨며 대답했다.

"하지만 지금은 한시가 바쁜 상황이오. 마조대는 하오문의 일을 처리하느라 바쁘니, 부득이하게 제이대의 암살 능력을 정보력으로 소비해야 하오. 따라서 주 소저 정도 되는 살수는 분명히……."

"전속대원은 이대주의 명령이 아닌 이상 전속된 사람을 떠나지 않습니다."

"하지만 전속인의 명령은 들어야 하지 않소?"

"……."

"피 후배. 이 일의 경중을 생각해서 하는 말이오. 주 소저는 지금 지부에 있어야 하오."

주하는 획 하니 피월려를 돌아보고는 살벌하기 그지없는 눈빛으로 응시했다. 피월려는 잠시 턱을 쓸다가, 고개를 들어 부드러운 눈빛으로 주하를 마주보았다.

그 속에 담긴 의미를 읽은 주하가 얼굴을 살짝 찌푸리며 차갑게 말했다.

"저에게 명을 내리시지……."

피월려는 그녀의 말을 잘랐다.

"지부로 귀환하시오."

"하지만……."

"이건 명이오. 주 소저."

"……."

주하는 입술을 살포시 깨물었으나, 그녀에게는 명을 거스를 권한이 없었다. 그녀는 곧 작은 목소리로 존명이라 말한 뒤 안개처럼 모습을 감추었다.

"좋은 판단이었소. 지부에서도 주 소저의 힘이 필요할 것이오."

호사일은 작게 웃으며 말했지만, 피월려는 굳은 표정을 풀지 않았다.

"살수를 쫓는 데 있어 살수만큼 좋은 추격자는 없습니다. 그럼에도 불구하고 그녀를 보내려 한 이유를 듣고 싶습니다만."

호사일은 잠시 당황한 표정을 지었다.

"아, 아니. 지부에 있는 것이 더 효율적이니 그런 말을 한 것이오."

"저도 호 대원도, 그게 본질적인 이유가 아니라는 것은 둘 다 아는 사실입니다. 호 대원께서 왜 주하를 보내고 싶어 했는지 지금은 모르겠지만, 곧 알게 되겠지요."

"아, 하하하. 이 사람 참. 나를 이상하게 보는군. 내가 왜 그런 행동을 하겠소?"

피월려는 눈을 가늘게 떴다.

"누가 나를 북문으로 보낸 겁니까?"

"그야 지부장이 그러셨소."

"경공도 없는 나를 살수를 추적하기 위해서 보낸다고 했습니까?"

"그, 그거야……."

"게다가 난 진 소저가 없으면 삼 일도 버티지 못하고 죽는 몸입니다. 살수를 추적하는 데 며칠이 걸릴지 아무도 모르는데, 이 또한 이상한 부분입니다."

"……."

"지부장이 저를 지목했다는 것을 믿을 수 없고, 그렇다고 할지라도 호 대원께서 그 명을 받은 이유를 모르겠습니다. 설명해 주시지요."

호사일은 아무런 말도 하지 않았다. 대신 얼굴에서 웃음기를 지우면서 냉혹한 무림인의 표정으로 돌아가고 있었다. 피월려는 입꼬리가 올라감과 동시에 역화검을 꺼냈다. 그러자 호사일 또한 허리에 감은 철편을 풀었다.

호사일이 말했다.

"난 피 후배가 검을 꺼낸 이유를 모르겠소."

"전 충분히 설명했습니다만."

"후배가 선배한테 말버릇이 심하오. 게다가 위협까지 하다니."

"제 의혹을 해결해 주시지 않는다면 출수하겠습니다."

피월려는 투기와 살기까지 은은하게 뿜어냈다.

호사일은 그를 지그시 노려보다가 이내 툭 하니 말했다.

"아버지가 엽사였소?"

피월려의 눈빛이 흐려졌다.

"그것을 어찌 아십니까?"

"천마신교에서 피 대원을 일대원으로 받으면서 뒷조사를 안 했을 것 같소? 본 교는 피 후배의 과거를 속속들이 알고 있소만."

"……."

"우리가 지금 쫓는 살수는 점혈을 당해 내공은 물론이요, 외공까지도 펼치지 못하오. 일반인과 다를 바가 없소. 또한 육체가 상하여 제대로 뛰지도 못하는 상태이지. 그러니 엄밀히 말하면 속도는 중요하지 않소. 북쪽에는 산이 많으니, 산에 익숙한 자네를 대동한 것뿐이오."

"지부장께서 나를 대동하라고 명했다는 것은 거짓이라는 겁니까?"

"지부장께서는 분명히 명을 내리셨소. 단지 내가 그것을 처음 건의했을 뿐이오."

"그렇다면 주 소저는 왜 보낸 겁니까?"

"그것도 내가 말하지 않았소? 지부에 있는 것이 본 교에 더 도움이 된다고. 도망친 살막의 살수가 내공이나 외공을 사용하지 못하는 한, 우리에게는 그녀의 무력이 딱히 필요하지 않소."

"그렇다면 마지막으로, 삼 일이면 귀환해야 하는 제 내공의 문제는……."

"간단하오. 그 살수가 걸린 점혈은 강력한 억제력을 가지고 있지만, 만 하루가 지나면 풀리는 약점이 있소. 하루가 지난 시점까지도 그를 잡지 못한다면, 그 이후에는 어차피 따라잡을 수 없소. 살막의 일급살수가 내공을 되찾으면 누구라도 추적이 불가능하니 말이오. 그러니 우리는 필히 하루 안에 그를 찾아야 하고 찾지 못한다면 지부로 귀환할 것이니, 피 후배의 내공은 문제가 될 수 없소."

"주하는 만 하루 이후에도 그를 쫓을 수 있는 능력이 됩니다."

"그것은 확실하지 않소. 고강한 추적술을 익힌 그녀라고 해도 살막의 일급살수를 추적할 수 있으리라는 보장은 없소. 시일은 또 얼마나 걸릴 것이고? 보장이 안 되오. 그래서 그녀를 돌려보낸 것이오. 어차피 우리는 하루 안에 귀환할 것이니, 그녀가 우리를 따라다닐 이유가 없소."

호사일의 말은 청산유수와 같았고, 피월려는 딱히 반박할 거리를 찾지 못했다.

사실 그보다는, 최근에 머리를 쓰는 일이 자주 있던 지라 이런 곳에까지 심력을 낭비하고 싶지 않다는 생각이 앞섰다. 귀찮았고 짜증 났다.

피월려는 역화검을 검집에 집어넣었다.

"의심을 품은 것을 용서하십시오. 최근 신경이 예민합니다."

피월려가 먼저 사과하자 호사일이 함박웃음을 지으면서 철편을 다시 허리에 감았다.

"하하하. 이해하오. 나도 피 후배처럼 낭인 출신이지. 그때의 습성은 나도 쉽게 지우지 못했소."

"그렇습니까?"

"모두가 적이고 아군이 없는 그 시절의 나는 피 후배와 똑같았소. 아군이 있어 본 적이 없으니 아군조차 항상 의심하는

버릇이 있었소. 하지만 이제 피 후배는 대천마신교의 당당한 마인이오. 흑도의 꼭대기에 서 있는 것이지. 그러니 소속감을 어색하게 생각하지 말고 마음속에 받아들이기를 권고하오."

피월려는 포권을 취했다.

"먼저 그리 말해주시니, 후배가 부끄럽습니다. 좋은 말씀 감사합니다."

"하하하."

호사일은 그의 어깨를 툭툭 쳐주면서 호탕하게 웃었다. 열 살이나 어린 사람에게 방금 모욕을 당했다고는 생각할 수 없는 표정이었다. 하지만 호사일의 깊숙한 눈빛 속에는 어두운 감정이 자리 잡고 있었다.

호사일은 피월려의 어깨에 손을 올리면서 한쪽을 가리켰다.

"자, 이젠 살수를 추적하는 일에 집중해야 하오. 피 후배는 저기 저 흔적이 뭐라 생각하시오?"

피월려는 조심히 다가가서 살폈다. 나뭇가지가 부러지고 땅이 움푹 파인 것이, 언뜻 보면 누군가 지나간 듯한 흔적처럼 보였다. 하지만 자세히 살피면 살필수록 사람의 흔적으론 보이지 않았다.

피월려가 말했다.

"작은 동물의 흔적입니다. 토끼군요."

호사일은 손뼉을 한 번 크게 치더니 큰 소리로 말했다.

"그래! 바로 이런 것이오. 자세한 건 말할 수 없지만 난 한 안공(眼功)을 익히고 있소. 그래서 먼 곳에서도 흔적을 빠르게 찾을 수 있소. 하지만 이런 깊은 산속에서 동물과 사람의 흔적을 구별하는 것은 참으로 어려운 일이지. 이렇게 식별만 해주어도 살수를 따라가는 건 확실히 쉬울 것이오."

"……."

"자, 그새 또 하나 발견했군. 저쪽이오. 저쪽은 어떻소?"

호사일은 또 한 곳을 가리켰다. 피월려는 그곳으로 가보더니 바로 말했다.

"이 정도면 사람의 흔적이군요. 하지만 발자국은 없습니다."

"일급살수가 발자국을 남길 리 없지……. 숲이 깊어서 나무뿌리가 땅 위로 올라와 있는 곳이 수두룩하오. 아마 그 위로 걸어 다닐 것이오. 또한 함정을 팔 수도 있으니 혹시 발견하더라도 발자국은 철저하게 무시해야 하오."

피월려는 그의 말을 듣고 고개를 살짝 끄덕이며 말했다.

"과연, 그럴 수 있겠군요."

"자, 가시오. 나뭇가지가 꺾여 있진 않지만, 나뭇잎이 쓸려 있군. 그걸 추적하면 될 것이오."

그들은 그렇게 한동안 숲속을 헤쳐 나갔다. 호사일이 지목하면 피월려가 가서 확인하고 인간의 흔적임이 확실해지면 다시 그곳에서 흔적을 찾는 일의 반복이었다.

몇 시진이 흐르고, 서서히 해가 기우니 피월려는 초조한 마음이 들었다. 호사일의 표정 또한 그리 좋지 않았다.

살수가 움직인 방향으로 가면 갈수록 잔가지가 많은 활엽수가 늘어나는 것이 거동하기 힘든 길을 일부로 택한 듯싶었다.

피월려가 거친 나뭇가지를 헤치며 앞으로 나아갔다.

"해가 떨어지면 흔적을 찾기 어려울 겁니다."

호사일은 고개를 양옆으로 흔들었다.

"그것은 문제가 되지 않소. 내가 익힌 안공은 빛을 그리 필요로 하지 않으니까. 그러나 다른 문제가 있소."

피월려는 그가 안 좋은 표정을 한 것이 다른 이유에서 그랬다는 것을 알게 되었다.

"문제가 무엇입니까?"

"내가 기억하기로는, 이대로 가다간 아마 녹림의 영역에 들어갈 것 같소."

"녹림이라면 녹림십팔채를 말씀하시는 겁니까?"

"그렇소. 낙양에서 산서성으로 가는 모든 길목을 관리하는 야랑채(野狼寨)이지."

녹림십팔채(綠林十八寨).

가장 간단하게 그들을 표현하면 무공을 익힌 산적이다. 그러나 보통 산적과 궤를 달리한다.

백도문파에 비해서 흑도문파의 역사는 짧기 그지없는데, 그 이유는 흑도인의 특성상 어떤 특별한 목적을 가지고 문파를 설립하는 경우가 많기 때문이다. 하나의 고수 아래 모여든 낭인들이나 아니면 하나의 세력에 대항하기 위해서 모인 연합이 흑도문파로 변질되는 경우가 극도로 잦았다. 그리고 중심이 되는 고수가 죽거나 공동의 목적이 달성되면 다시 분열되곤 한다. 그러니 녹림십팔채처럼 역사가 깊은 흑도문파는 중원에서 손을 꼽힐 만큼 드물었다.

녹림십팔채는 오래전 멸망한 나라의 패잔병들이 생계를 위해 산적이 된 것을 시작으로, 산적임에도 불구하고 군(軍)의 형식을 그대로 가지고 있는 것이 특징이다. 그들은 체계적인 방식으로 전 중원에 열여덟 개의 거처를 두고, 대놓고 산적질을 해왔다. 그것도 몇백 년씩이나 말이다.

여기서 우스운 점은 관에서도 무림에서도 그들을 딱히 토벌한 적이 없다는 것이다.

그 비결은 그들이 목숨을 걸고 지키는 규칙에 있었다. 그들은 단순무식하게 약탈하지 않았다. 단지 그들의 영역을 지나가는 사람들에게 통행료를 받았고, 그것을 내지 못할 시에만 약탈을 허용했다. 또한 통행료를 낸 사람에게는 그들의 영역에서 신변을 보장해 주었고, 통행료 자체도 그리 비싸게 요구하지 않았다.

그러니 백도문파나 관료 혹은 거상조차도 그들에게 작은 양의 통행료를 지불하고 편한 여행을 즐기는 것이 좋다고 판단, 존재를 묵인해 온 것이다. 관의 보호가 없는 험한 산세의 호위무사쯤으로 여기는 사람도 많았다. 그들은 그들의 영역에서 일어나는 모든 무력 행위를 허락하지 않았으니, 그 안에서만큼은 도시보다 더 안전했다.

피월려도 무림인으로서 그 사실을 잘 알았다. 때문에 호사일이 염려하는 것도 이해가 되었다. 녹림의 영역에서 살수를 쫓다 보면 그들이 끼어들 것이 자명하고 그러다 보면 살수를 놓치게 될 것이다. 피월려가 물었다.

"그들이 우리의 일에 참견하겠습니까?"

"아마도 그럴 것이오. 녹림은 지나가는 행동 외에는 아무것도 허락하지 않으니까."

"천마신교의 일인데도 말입니까?"

"그들은 상관하지 않소. 관도 두려워하지 않고 구파일방도 두려워하지 않는 자들이오. 무력 수준은 낮지만 이런 깊은 산속에서는 어찌할 방도가 없소. 열여덟 개나 되는 동맹 관계도 껄끄럽고 말이오."

"그럼 어떻게 합니까? 돌아가야 합니까?"

"아니오. 일단 추적하는 것이 좋을 것이오. 내 생각인데, 살막의 살수가 이 사실을 이용하기 위해서 일부러 이쪽으로 온 것 같소. 어찌됐든 녹림의 영향 아래서는 무력 행위를 할 수 없으니 말이오."

"그것 참 귀찮게 되었군요."

"일단 최대한 걸리지 않게 몰래 돌아가는 것이……."

그때였다.

아— 우.

아— 우.

저녁 하늘을 울리는 늑대 소리가 사방에서 들리기 시작했다. 피월려는 주위를 둘러보며 말했다.

"호 대원. 아무래도 이미 걸린 것 같습니다."

"이렇게 된 이상, 아예 야랑채를 향해 가야겠소. 따라오시오."

호사일은 철편을 꺼내 들고는 내력을 주입했다. 그러자 철편이 파르르 떨리면서 살벌한 소리를 내었는데, 그는 그것을 사정없이 휘둘러 막고 있는 나뭇가지를 모두 쳐냈다. 한 번만 휘둘러도 길이 생기는 것이, 그 속에 담긴 위력을 짐작하기도 힘들었다. 검기를 쏘아도 이렇게 빠른 시간 안에 길을 만들 순 없을 것 같았다.

파파팟!

파파팟!

가루처럼 부서지는 나뭇가지 앞으로 피월려와 호사일은 속력을 내었다. 그러나 늑대의 울음소리는 좀처럼 멀어질 생각을 하지 않았다.

아— 우.

아— 우.

오히려 가까워진 느낌이다.

호사일은 극도로 내력을 운용했고, 그 노력에 힘입어 숲은 점차 활엽수에서 침엽수로 변해가고 있었다. 성인 다섯 명을 합쳐놓은 것같이 굵은 소나무가 주를 이루면서 잡초보다 큰 식물은 살아남지 못하는 지형이 되었고, 그들은 서서히 거동하는 것이 쉬워짐을 느꼈다.

파파팟!

마지막 잔가지를 떨쳐내니 속이 다 뻥 뚫리는 듯한 기분이 들었다. 군데군데 오랜 세월이 느껴지는 소나무만 우뚝 서 있으니 갑자기 시야가 넓어졌기 때문이다.

그러나 그 시원함을 충분히 만끽하기에 앞서, 호사일과 피월려는 서로 등을 맞대고 가장 한적한 공간으로 움직였다. 늑대의 울음소리가 너무 가까워서 언제라도 튀어나올 수 있었기 때문이다.

채 반각이 지나지 않고 첫 번째 늑대가 갑자기 모습을 드러냈다. 붕하고 떠오르더니 널찍한 바위에 딱 착지하고는 으르렁거리며 피월려와 호사일을 노려보았다. 그 뒤로 수십 마리의 늑대가 그 늑대를 따라 나왔고, 그들은 넓은 반경으로 피월려와 호사일을 포위했다.

피월려와 호사일은 두리번거리며 사방을 경계했다. 시야가 미치지 못하는 부분에 위치한 늑대는 그들이 눈치챌 수 없게 반경을 좁혔고, 따라서 피월려와 호사일은 늑대의 포위가 점차 가까워지고 있다는 것을 느끼지 못했다.

호사일이 말했다.

"야랑(野狼)이군. 아마 야랑채에서 기르는 늑대들이 아닌가는 생각이 드오만."

"눈빛을 보니 사람을 무서워하지 않습니다. 먹이 보듯 하는 녀석들도 있군요."

"살다살다 늑대한테 포위를 당하다니……. 쉽지 않겠군."

"쉽지 않은 정도가 아니라 위험한 정도입니다."

"그래 봤자 늑대 아니겠소?"

호사일은 대수롭지 않게 물었지만 피월려는 심각하게 고개를 저었다.

"야생 늑대는 기본적으로 인간보다 네 배 이상 빠르고 세 배 이상 강합니다. 인간을 두려워하지 않는다면 일류고수라 봐도 무방합니다."

"저 숫자가 전부 일류고수라 해도 충분히 감당할 수 있소.

피 후배와 나는 지마급 고수가 아니오?"

"문제는 외공이 쓸모가 없다는 것입니다."

"외공이? 왜 그렇소?"

"무공은 기본적으로 인간의 취약점을 공략하기 위해 고안한 겁니다. 네 발로 움직이고 턱으로 공격하는 짐승에겐 아무짝에도 쓸모없습니다. 그나마 비슷한 건, 상체가 없는 각법의 고수가 다리에 날카로운 검을 달았다고 생각하면 됩니다."

호사일은 짧게 상상했다.

"그거 매우 귀찮군."

"호 대원께서 철편이라 그나마 다행입니다. 검보다는 훨씬 용이할 것입니다."

"외공을 쓰지 않고 상대하라……. 본능에 맡겨야 하는 것이오?"

"그랬다간 더 곤혹을 치를 겁니다. 인간이 짐승에게 유일하게 앞서는 것은 지혜입니다. 그것을 사용하면 편할 것입니다."

"지혜라 함은 심계를 말하는 것이오?"

"작은 상처조차 꺼려 하는 것이 짐승입니다. 그 심리를 이용하는 것이 좋습니다. 그런데 늑대들이… 사냥 준비를 하는군요."

"그걸 어떻게 아시오?"

"저 바위 위의 늑대가 우두머리입니다. 그 늑대의 움직임을 보면 알 수 있습니다. 사냥이라……. 일단 방어에 치중해 주십시오. 우두머리를 먼저 제압하면 아마 의외로 쉽게 일이 풀릴 겁니다."

"알겠소. 나도 한 가지 의견을 말하면, 마기를 있는 힘껏 방출하시오. 짐승이니 마기에 민감할 것이오."

"아, 좋은 생각입니다. 알겠습니다."

그들은 동시에 온몸에서 마기를 뿜어내었다. 지마급 마인 둘이 과장해서 마기를 뿜어내니, 사방이 삽시간에 마기로 물들었다. 마기는 가장 본질적인 공포를 자극한다. 그 기운에 동요하던 늑대들이 서로를 마주보며 슬금슬금 뒷걸음질을 치기 시작했다.

아— 우!

바로 앞에서 듣는 늑대의 울음에는 마음이 맑아지는 청아함이 가득했다. 우두머리 늑대의 울음소리를 들은 늑대들은 깜짝 놀라며 다시 야생의 눈빛을 되찾았다. 우두머리를 향한 절대적인 믿음이 물밀듯 밀려오는 두려움을 모두 이겨낸 것이다.

"대단한 놈이군……. 저런 늑대를 키워내다니 야랑채라는 이름이 어울리는 것 같습니다."

"이 지대에 산늑대는 전 중원에서 알아주는 놈들이오. 그 놈들을 다루는 무공으로 야랑채가 유명한 것이고."

"그걸 무공이라 말합니까?"

"좌공이긴 하겠소만. 그 분야는 나도 잘 모르니……."

그들이 편안하게 대화하는 사이, 늑대들은 날카로운 송곳니 사이로 침을 질질 흘리며 먹이를 사냥하기 직전처럼 행동했다. 생명을 먹이로 취급하는 눈빛을 거두지 않으며 촘촘하게 그들을 둘러쌌다.

점점 줄어들던 포위망이 어느 순간부터 일정한 간격을 유지하기 시작했다. 곧 공격이 시작될 것을 눈치챈 피월려는 호사일에게 작은 목소리로 경고했다.

"이제 공격할 것입니다. 경공이 있으신 호 대원께서 우두머리를 직접 공격하는 면이 좋을 것 같습니다. 제가 따라가며 호위하겠습니다."

호사일은 철편에 내력을 주입하며 대꾸했다.

"이 많은 늑대의 공격을 홀로 방어할 수 있겠소?"

"짐승은 보통 전면에 나서는 걸 극히 꺼리기 때문에, 한꺼번에 공격하지 않습니다."

"알았소. 그럼 지금 선공하겠소."

"그건 안 됩니다. 경계하는 동안 공격하면 그저 빠르게 회피할 뿐입니다. 우리를 공격할 때 역공하는 것이 가장 좋습니다."

"그러면 피 후배가 때를 알려주시오."

"알겠습니다."

그렇게 말한 뒤, 피월려는 늑대들을 하나하나 찬찬히 둘러보며 그들의 움직임을 파악했다. 늑대무리에는 우두머리 말고도 이인자가 꼭 있게 마련이고, 그들은 항상 다른 늑대보다 거친 행동을 선보이며 무리 내 영향력을 늘리고 싶어 한다. 따라서 이인자 늑대의 움직임을 주시하면 언제 무리가 공격할지 정확하게 파악할 수 있는 것이다.

어지럽게 움직이며 시선을 교란하는 통에 애를 먹었지만, 피월려는 결국 그 이인자로 추정되는 늑대를 찾을 수 있었다. 모든 늑대는 원래 자리에서 멀리 떨어지지 않았는데, 그 이인자 늑대만 계속해서 포위망 전체를 돌아다니며 공격할 기회를 엿보고 있었다.

이제 보니 다른 늑대들이 교란하는 것도 다 그 이인자 늑대에게 공격할 기회를 만들어주기 위해서였다.

피월려는 짐짓 모르는 척하며, 일부러 시선을 옮겼다. 이인자 늑대는 피월려와 호사일이 자신에게 완전히 관심을 껐다고 생각하고, 그들의 사각에서부터 빠른 속도로 내달리기 시작했다.

"지금입니다!"

피월려의 외침과 동시에 철편을 하늘 높이 꺼내 든 호사일이 경공을 펼치며 빠르게 뛰어나가기 시작했다. 그의 방향은 정확히 우두머리가 서 있는 쪽이었다.

우두머리는 미련 없이 몸을 돌려 뒤쪽으로 내달리기 시작했다. 경공을 펼치는 호사일과 맞먹는 수준의 속도였다. 호사일은 좀 더 내력을 쏟아부어 그 우두머리를 따라잡기 시작했다.

크르르!

크앙!

정신없이 우두머리를 쫓던 호사일은 뒤에서 들리는 사나운 울음소리에 서둘러 경공을 멈췄다. 뒤를 보니, 차마 그의 속도를 따라오지 못하는 피월려가 늑대 무리에 합공을 받고 있었다. 피월려는 인간이 취하기 극도로 어려운 동작들을 펼치면서 간발의 차이로 늑대의 공격을 피하고 있었는데, 피월려 또한 단 한 마리의 늑대조차 죽이지 못했다.

"피 후배!"

호사일은 큰 소리로 외치면서 다시 경공을 펼쳐 피월려에게 뛰어갔다. 늑대 무리는 일사분란하게 피월려에게서 떨어졌지만, 다시 포위망을 구축하며 피월려와 호사일을 묶었다.

옷이 여러 군데 찢겨 있었지만 미미한 경상도 없는 것을 확인한 호사일이 안도했다.

"참으로 다행이오. 놀라운 움직임이었소."

"짐승이라 움직임을 읽기 쉬웠습니다. 다만 숫자가 너무 많군요."

"나도 동감이오. 이거 한동안 골치 아프게 생겼소."

아— 우!

어느새 무리로 돌아온 우두머리가 다시 높게 울부짖었다. 또 무슨 일인가 싶어 주위를 살피자, 울창한 숲에서 천천히 걸어 나오는 한 남자를 발견할 수 있었다.

제삼십팔장(第三十八章)

그는 전체적으로 우락부락한 사내였는데, 긴 산발과 덥수룩한 수염 때문에 얼굴을 확인하기가 어려웠다. 군데군데 맨살이 드러난 곳엔 여지없이 거친 털이 자리 잡고 있었고, 양손에는 날카로운 발톱처럼 보이는 무기를 가지고 있었다. 한 가지 특이한 점은 중원인의 옷을 입고 있지 않았고, 호랑이 가죽과 여우 가죽으로 된 두터운 가죽옷을 입고 있었다는 점이었다.

사내가 다가오자 우두머리 늑대는 그에게로 뛰어갔다. 그러자 사내가 무릎을 꿇고 얼굴을 맞비볐다. 크르릉 하며 기분

좋은 소리를 낸 늑대는 다시 한번 큰 소리로 울었고, 그러자 늑대 무리가 포위망을 풀고 사내 쪽으로 위치를 옮겼다.

피월려는 그 정체불명의 호피인(虎皮人)이 늑대 무리의 주인이라 생각했다. 그가 물었다.

"녹림인이시오?"

호피인은 팔짱을 꼈다.

"그렇다. 그런데 너희는 누구냐?"

중원인의 어조와 중원인의 발음이었다. 생긴 것은 산족처럼 생겼는데 그 속은 중원임이 틀림없었다.

조금은 안도감을 느낀 호사일이 포권을 취했다.

"우리는 천마신교 낙양지부의 마인이오."

호피인은 그 말을 듣고 눈살을 찌푸렸다.

"마교인? 천마신교의 마인이 왜 여기 있는 것이지? 흑도협약을 깰 생각인가?"

흑도협약은 세력 확장에 욕심이 없는 흑도인들이 암묵적으로 동의한 공동의 약속이다.

백도에 비해서 훨씬 노골적으로 야욕을 드러내는 흑도인들은 서로 이권 다툼을 하다 자멸할 것을 우려했다.

그래서 영토에서 벗어날 생각이 없는 여러 흑도문파는 흑도협약을 내세우며, 자기들은 타 문파를 선공하지 않겠다고 선언한 것이다.

녹림 또한 세력을 확장할 이유가 없는 문파이기 때문에 흑도협약에 동의했었다. 호피인은 그것을 말하는 것이었다.

호사일이 대답했다.

"천마신교는 흑도협약에 동의한 적이 없소."

"내 이전 세대부터 십만대산(十萬大山)에서 나올 생각도 안 했으면서 무슨. 됐고, 우리의 영역에 침범한 목적이나 말해라."

호사일은 슬며시 피월려를 돌아보았고, 피월려는 고개를 살짝 끄덕이는 것으로 동의했다.

호사일이 말했다.

"간단하오. 우린 살막의 살수 하나를 추적하고 있소. 그 살수가 이곳으로 도주하여 부득이하게 녹림의 영역을 침범할 수밖에 없었소."

"살막의 살수?"

피월려가 재빠르게 물었다.

"혹, 본 적이 있으시오?"

호피인은 말이 없었다. 단지 그들은 지그시 바라볼 뿐이었다. 그러다가 툭하니 내뱉듯 말했다.

"내가 그걸 말해야 하는 용무는 없다."

"이는 한시가 급한 일이오."

"너희는 이제 나가라."

"미안하지만 그럴 수 없소."

"나가지 않는다면, 공격할 것이다."

호사일은 가소롭다는 듯한 표정을 짓고는 철편을 집었다. 그러자 피월려는 호사일이 출수하기 전에 얼른 그의 오른팔을 붙잡았다.

호사일이 영문을 모르겠다는 듯이 피월려를 보았고, 피월려는 살포시 웃는 것으로 말을 대신했다.

피월려가 호피인 앞으로 나왔다.

"이 산의 위협에서 벗어나기 위해서 녹림에서 요구하는 보호비가 얼마이오?"

호피인은 갑자기 헛기침을 하기 시작했다. 나가라고 떵떵거리며 말했지만 바로 보호비를 받겠다고 하기에는 낯이 뜨거웠던 것이다.

"크흠. 성인 남성은 한 명당 동전 오 냥이다. 이를 지불하지 못할 경우 녹림은 이 위험한 산에서 너희를 보호할 수 없고, 따라서 온 길로 돌아가게 만들 수밖에 없다."

호사일은 기가 찬다는 듯이 코웃음을 쳤지만 피월려는 얼굴색 하나 바꾸지 않고 말을 이었다.

"그렇다면 녹림의 부락 안에서 하룻밤을 묵고 가는 것은 얼마이오?"

"그런 경우는 없다."

"잘 아시다시피, 이 산은 위험하기 그지없소. 우리는 극도로 예민한 사람들이라 녹림의 부락에서 하룻밤을 지내는 정도로 안전이 보장되지 않는다면, 오늘 밤을 뜬 눈으로 지새우게 될 것이오."

호피인은 턱수염을 만지작거렸다.

"흐음! 그것은 매우 딱한 일이군. 같은 흑도인으로서 사정을 봐주지 않을 수가 없다. 그러니 내 채주께 한번 말씀을 드려야겠다. 일단은 따라와라."

그는 몸을 돌려 북쪽으로 걷기 시작했고, 늑대 무리는 그를 호위하듯 따라갔다.

피월려도 걸음을 옮기려 하는데, 어정쩡한 표정을 한 호사일은 움직일 생각을 하지 않는 듯했다.

호사일이 급변한 호피인의 태도를 이해하지 못하고 물었다.

"방금 그게 뭔 지랄이었소?"

지랄이라고 표현한 게 당연했다. 피월려는 빙그레 웃으며 말했다.

"체면이라는 것이지요."

"체면? 산적 따위가 무슨 놈의 체면?"

"녹림인들은 원래 그럽니다. 소림파에게도 보호비를 명목으로 돈을 갈취하는 이들이니 천마신교의 마인이라고 예외를 둘 순 없었을 겁니다."

"참나……. 그깟 체면 때문에 채주까지 만나야 한다니…….

피 후배는 살수를 쫓는 것을 포기한 것이오? 아직 하루가 지나려면 조금 시간이 남았소."

"방금 저 호피인이 한 말을 듣지 못한 것입니까? 살수는 지금 야랑채에 있습니다."

호사일은 눈을 껌뻑였다.

"그, 그런 말을 언제 한 것이오?"

피월려는 몸을 돌려 걷기 시작했고 호사일은 그를 바짝 쫓았다.

피월려가 말했다.

"천마신교나 살막이나, 녹림에게는 상당히 귀찮은 상대입니다. 천마신교에 거짓을 말하는 것도, 숨겨준 살막의 살수를 내어주는 것도 녹림에겐 꺼려지는 일입니다. 따라서 말할 용무가 없다는 식의 애매모호한 대답을 한 것입니다. 그러니 우리는 변명거리를 제공하기만 하면 됩니다. 녹림이 살막에게 이렇다 할 변명을 할 수 있도록 말입니다."

"하지만 이제 살막주가 죽고 살막은 없으니, 그럴 필요가 없지 않소?"

"녹림은 그것을 모릅니다. 이곳으로 도망친 살수가 세 치 혀를 잘 놀려놓았겠지요. 그것까지도 간과해선 안 됩니다."

"과연……."

그들은 한동안 호피인의 뒤를 따라 산속을 거닐었다. 해가 완전히 저물어 세상에 빛이 사라지고 달빛과 별빛이 그것을 대신하기 시작할 때 그들은 야랑채에 도착할 수 있었다.

야랑채는 높은 산봉우리에 위치해 있었는데, 높은 나무들의 의해서 그 모습이 거의 가려져 있었다.

넓은 반경으로 둘러싼 대나무는 사람이 지나갈 수 없을 만큼 촘촘했다.

대나무를 깎아다가 박은 것이 아니라 살아 있는 대나무를 옮겨 심어서 그런지 생기가 넘쳤다. 입구는 굵은 나무로 되어 있었고, 양 기둥의 삼 장 높이에서 각각 한 사람씩 활을 든 채로 망을 보고 있었다.

그들은 호피인을 발견하자 외쳤다.

"외인입니까?"

호피인이 말했다.

"그렇다. 채주를 보려 한다."

"무장을 해제해 주십시오."

호피인은 입을 모아 듣기 싫은 휘파람 소리를 내었다. 그러자 그의 주위에서 서성이던 늑대들이 갑자기 사방으로 흩어졌다. 호피인은 피월려와 호사일을 보며 말했다.

"무기를 줘라."

피월려와 호사일은 미동도 하지 않고 그를 노려보았다.

무림인에게 무기를 달라는 것은 목숨을 달라는 것과 진배

없다.

무슨 일을 당할지 모르는데 비무장한 상태로 야랑채에 들어갈 수는 없다.

호피인은 그럴 줄 알았다면서 으르렁거렸다.

"흥! 무기를 주지 않는다면, 채주를 만날 수 없다."

호사일은 머뭇거리다 피월려를 돌아보았다. 마음 같아서는 무력을 동원하고 싶었지만, 이렇게 일을 끌고 온 피월려가 찬성하지 않을 것 같았다.

그런데 피월려는 이미 검을 출수했다. 어떠한 소리도 바람도 없는 발검은 호피인의 미간에 닿아서야 멈췄다. 미세한 상처에서 붉은 피가 나와 목까지 길게 핏줄기를 그었다. 호사일은 놀랐고, 호피인은 움찔했다.

마기가 피어나는 목소리가 피월려의 입에서 흘러나왔다.

"우린 천마신교의 마인이다. 너희의 위치를 파악한 이상, 쑥대밭으로 만드는 것은 시간문제야."

"……."

"그냥 다 쓸어버려도 그만이야. 그러니 피 보기 싫으면 채주를 불러."

피월려가 그를 협박하는 사이, 여섯 명의 사내가 입구에서 뛰쳐나왔다.

피월려가 검을 출수하는 것을 보고 일촉즉발의 상황이 됐음을 알아챈 것이다.

거대한 도끼를 들고 있는 그들은 피월려와 호사일을 포위했다. 하지만 공격할 수 없었다. 섣불리 움직였다가는 호피인의 미간이 꿰뚫려질 것이 자명했기 때문이다.

그들이 더 다가오지 못하고 피월려와 호사일의 눈치를 보자, 호피인이 한 손을 들어 공격하지 말라는 신호를 보냈다.

호피인이 말했다.

"아무리 천마신교의 마인이라고 하나, 둘이서 야랑채 전체를 상대할 수는 없다."

피월려는 그가 말을 끝내기도 전에 가로챘다.

"하지만 다시는 제 기능을 하지 못하게 망쳐놓을 순 있어. 우리의 목적은 간단하다, 살막의 살수를 찾으면 그만이야. 야랑채에는 볼일 없어."

"……."

"협상할 줄 모르면 채주를 불러. 너 같은 애송이랑 더는 할 말 없으니까."

"뭐라고! 이! 머리에 피도 안 마른 것이!"

"일개 인원이면 닥치고 책임자를 부르라는 말이다."

호피인은 미간의 핏줄이 굵게 튀어나올 정도로 흥분했다. 하지만 어떤 움직임을 취하진 못했다. 미간에 검이 닿아 있는 상태에서는 생사여탈권을 완전히 빼앗긴 셈이라 화가 나도 할 수 있는 것이 아무것도 없었다.

"무슨 소란이냐!"

대나무 숲을 쩌렁쩌렁하게 울리는 큰 목소리가 입구에서 퍼졌다.

거기에는 호피인과 비슷한 체형과 비슷한 옷을 입고 있는 사내가 있었다.

다만 다른 점이라면, 입고 있는 호피가 백호의 것이라는 점이다.

황제도 갖기 어려운 백호피를 몸에 두른 사내가 야랑채주가 아니라면 누가 야랑채주일까.

피월려는 검세를 유지하며 백호피인에게 물었다.

"야랑채주시오?"

"그렇다! 네놈은 누구냐!"

"난 천마신교의 피월려라 하오."

"천마신교? 왜 마교인이 야랑채에 검을 겨누고 있는 것이냐!"

"무림인에게 검이란 생명과도 같은 법. 그것을 빼앗으려 하니 부득이하게 검을 겨눌 수밖에 없었소."

"흑도협약을 모르느냐? 우리의 영역에 들어오고 싶으면 무장을 해제해야 한다."

"천마신교는 흑도협약에 동의한 적 없소. 또한 천마신교는 흑도에 속하지도 않소. 천마신교는 천마신교일 뿐, 중원의 잣대를 들이밀지 마시오."

"하! 변명하는 꼬락서니가 계집애 같구나! 남에 집에 쳐들어와서는 집주인의 말에 동의하지 않았으니 집주인의 말을 들을 필요가 없다고 지껄이는 거냐? 천마신교에서 무력을 행사할 생각이 아니라면, 즉각 검을 버리고 우리의 지시를 따라야 한다."

"외인이 고객이 될지 불청객이 될지는 집주인의 행동에 달려 있는 법이오. 우리가 무력을 행사할지 안 할지는 오로지 야랑채주의 태도에 달려 있음을 밝히는 바이오."

"뭐라! 지금 녹림을 협박하는 것이냐! 녹림은 백도와 흑도가 있기 전부터 존재했다!"

"천마신교는 무림이 존재하기 전부터 존재했소. 그리고 녹림을 협박하는 것이 아니요. 최선책이 있는데도 그것을 자존심 때문에 보려 하지 않으니 답답해서 하는 말이었소."

"최선책? 네놈이 말하는 최선책이란 무기를 두지 않고 야랑채에 무혈입성하는 것이겠지. 그것이 우리에게도 최선책이란 법은 없다."

"무혈입성은 남의 성을 지배하려는 야욕이 있을 때만 성립하는 말이오. 우리는 야랑채에 관심이 없소. 다시 말하지만, 살막의 살수에만 관심이 있을 뿐이오."

"그래서 우리가 그것을 증명하는 방법을 말해준 것이다. 무기를 버려라. 그러면 그 말을 믿겠다!"

"……."

쉽지 않다.

아니. 고리타분한 백도인들에게도 보호비를 명목으로 산적질을 하는 자들의 수장이니 이 정도의 언변은 당연한가?

피월려가 더는 말을 하지 못하자 호사일이 어깨를 들썩이더니 자기의 철편을 땅에 버렸다. 피월려는 그 행동을 보며 작게 소곤거리듯 말했다.

"진심이십니까, 호 대원?"

호사일은 양손으로 안심하라며 손짓했다.

"피 후배. 때로는 포기하는 것이 답일 경우가 있소."

"하지만 역화검을 버릴 순 없습니다."

"좋은 이름이군. 그러나 잠시 떨어져야 할 것이오."

"……."

피월려가 역화검을 버릴 수 없는 이유는 무림인은 검을 버리지 않는다는 신조를 지키려는 것도 있지만 더욱 심각한 이유가 있었다.

그는 진설린과 음양합일을 할 때, 마법을 익히며 강력해진 진설린의 음기를 조화롭게 받아들이기 위해서 극양혈마공의 양기뿐만 아니라 역화검의 양기까지 동원했다. 그 때문에 강력한 진설린의 음기에 대항하여 역화검의 양기와 극양혈마공의 양기가 엮였고, 이는 자연스러운 흐름으로 자리 잡았다.

하루를 넘어서 삼 일 동안이나 음양의 조화를 유지할 수 있게 된 이유가 바로 그것이다.

만약 역화검과 떨어져 있다 보면 극양혈마공과 역화검 사이에 자리 잡은 조화가 깨지게 될 것이고, 이는 곧 생명력을 담보로 하는 위험천만한 일이다.

하지만 야랑채주나 호사일에게 그 사정을 말해줄 순 없었다. 그리고 좋은 핑계거리도 생각나지 않았다.

피월려는 내키지 않았지만 역화검을 땅에 내려놓을 수밖에 없었다.

그는 땅 깊숙이 역화검을 박으며 말했다.

"내 검은 마검이다. 건들면 본인만 후회하게 될 테니 여기 그대로 두는 것이 좋을 것이다. 경고했으니, 나중에 이 검을 건드려 마기에 홀려도 내 책임이 아니다."

"좋다. 네 검은 거기 그대로 두겠다."

야랑채주가 말하는 와중에 호피인은 미간에 손을 올려 뜨거운 피를 만졌다.

손가락 사이로 흐르는 핏줄기에 그의 표정이 더욱 붉으락푸르락해졌지만, 어느새 다가온 야랑채주가 어깨 위에 손을 올리며 그를 진정시켰다.

"참아라."

야랑채주는 말 한 마디만 했을 뿐이지만, 호피인의 표정은 단번에 변했다.

야랑채주를 향한 충성심이 엿보이는 반응이었다. 야랑채주는 손짓했고, 그러자 호피인을 포함한 일곱 명이 그를 포위한 채 야랑채 안으로 인도했다.

그들은 야랑채에 들어섰다.

야랑채의 안은 밖에서 보는 것보다 훨씬 컸다. 수십이 넘어가는 움막과 토굴에서 시퍼런 도끼를 허리에 차고 제 할 일을 하고 있는 산적이 백을 훌쩍 넘겼고, 그 사이에 호피를 입은 호피인들도 간간이 보였다. 비율은 대략 십 대 일로 보였는데, 이리저리 지시를 내리는 것이 보통 산적보다 높은 위치에 있는 것 같았다.

여자로 보이는 노예도 많았는데, 모두 제대로 씻지도 못하고 먹지도 못하는 처량한 신세였다.

그들은 옷을 짜거나 음식을 하는 등 아낙네들이 할 만한 일을 하고 있었지만, 남편을 둔 여자로서 가진 최소한의 권리도 보장받지 못하는 것 같았다. 그 증거로 어린아이는 눈을 씻고 찾아봐도 없었다.

"여자는 있지만 어린애는 없군……."

호사일도 그 사실이 이상했는지, 혼잣말로 중얼거렸다. 피월려는 그것이 무엇을 의미하는지 생각하지 않기로 했다. 해봤자 좋을 것이 없기 때문이다. 그는 야랑채주의 인도를 받아 한 움막 안으로 들어갔다.

야랑채주는 곰 가죽으로 된 지담(地毯) 위에 앉았다. 그러자 두 여인이 그에게 걸어와 자연스러운 손길로 백호피를 벗겼고 산발이 된 머리카락을 빗으로 쓸기 시작했다. 그 여인들은 몸이 마르고 안색이 창백한 것만 뺀다면 한 도시에서는 소문이 날 정도의 미모를 가지고 있었다.

그 사실만 놓고 보면 이곳이 야랑채주의 집인 것을 유추할 수 있었다.

다른 움막과 딱히 다른 형태를 갖추고 있지 않았기에 더 일찍 알 수 없었던 것뿐이었다.

야랑채주는 몸의 긴장을 풀면서 숨을 깊게 들이마셨다. 그러고는 피월려와 호사일 뒤에 서 있던 호피인을 보며 말했다.

"나가 있어라."

호피인은 즉시 몸을 돌려 움막에서 나갔고, 야랑채주는 피월려와 호사일에게 시선을 옮겼다.

"상황을 다시 설명해 보시오. 간단하게."

전과는 다른 말투였다. 이는 손님으로 인정하겠다는 뜻이니 피월려도 조금은 마음을 놓았다.

호사일이 먼저 입을 열었다.

"지금 우리는 낙양에서 도주한 살막의 살수를 쫓고 있소. 북문을 통과한 뒤 섬서 쪽으로 달리는 것을 추적하다가 야랑채의 영역에 발을 들이게 된 것이오."

"흐음……. 그럼 아직 살수의 뒤를 쫓고 있겠소?"

"그렇소."

"그렇다면 서둘러야 하겠군. 하지만 옆에 계신 피 형씨는 야랑채에서 하룻밤을 묵고 싶다 들었소. 이유는 보호를 청한다고 했는데……. 그건 무슨 말이오?"

호사일은 뭐라 대답할 수 없었다. 피월려가 직접 입을 열어 대답했다.

"단도직입적으로 채주께 물어보겠소. 살막의 살수가 지금 야랑채에 있소?"

"……."

야랑채주는 피월려를 마주볼 뿐 대답하지 않았다. 그러자 피월려는 품속에 손을 넣어 금전 두 냥을 꺼냈다. 야랑채주의 눈빛이 살짝 빛나는 것을 확인한 그는 슬며시 그의 앞에 내놓으며 말했다.

"야랑채에서 하룻밤을 묵게 되니 한 사람당 금전 한 냥씩 해서 지불하도록 하겠소. 그 대신 우리는 철저한 보호를 요구하오. 뛰어난 살수 같은 인물이 바로 옆 움막에서 우리를 호위한다면 더할 나위 없을 것이오."

"……"

"천마신교에서 이 정도 사정을 봐주었다면 야랑채에서도 거부할 이유가 없다고 생각하오만."

야랑채주는 눈길을 돌려 호사일을 보았다. 호사일은 또한 그의 눈길을 피하지 않고 뚫어지게 마주보았다. 야랑채주는 숨을 들이마시며 다시 시선을 옮겼다.

"알겠소. 그럼 그런 자리로 정해 드리겠소. 하지만 자시가 지나면 우리도 잠을 청해야 하니, 그 이후에 일어나는 불상사는 책임질 수 없소."

피월려는 만족하는 표정으로 고개를 끄덕였다.

"좋소."

세 사람은 말하지 않았지만, 같은 생각을 속에 품었다.

* * *

자시는 생각보다 빠르게 이르렀다.

피월려는 움막 안으로 들어섰다. 움막에는 호사일이 가부좌를 펴고 눈을 감고 있었는데, 내력을 운용하고 있던 것은 아닌지 입을 열어 말했다.

"어떻게 되었소?"

피월려는 왼손에 들고 있던 호사일의 철편을 그의 앞에 내려놓으며 말했다.

“살수는 우리 옆 움막에 있습니다. 거기 틀어박혀 혈도를 풀고 내공을 되찾기 위해 안간힘을 쓰고 있다고 합니다. 지금도 무아지경에 빠져 있으니 우리의 기척을 느끼지 못할 겁니다.”

“좋군. 일이 쉽게 풀려 다행이오.”

말은 그렇게 했지만, 피월려는 그의 말투에서 뭔가 이상한 점을 느꼈다.

“무슨… 일 있습니까?”

“무슨 일은. 그냥 끝까지 잘되었으면 하는 바람일 뿐이오. 갑시다.”

호사일은 철편을 들고 자리에서 일어나서 먼저 움막 밖으로 나갔다. 피월려는 그 모습을 보며 잠시 거두었던 의심을 다시금 되새겼다.

굳이 피월려를 선택한 이유나 주하를 지부에 귀환시킨 이유나, 논리적으로 맞아떨어지기는 한데 왠지 석연찮은 부분이 있었다.

하지만 딱히 뭐라 집어 말할 수 있는 것은 아니었고, 피월려는 다시금 마음속에 담아둘 수밖에 없었다. 하지만 잠시라도 마음을 완전히 놓아버리지 말자고 다짐했다.

호사일과 피월려는 곧 옆 움막에 들어섰다. 그런데 그 순간

헛바람을 들이킬 뻔했다.

아무것도 없는 어두운 움막 안 정중앙에 머리 하나가 올려져 있는 것이 아닌가? 마치 누군가 사람 머리를 베어 그곳에 가져다 둔 것 같았다.

피월려는 함정이 아닌가 하는 생각이 먼저 들어 역화검을 뽑아 들고 기감을 극대화시켰다.

옆에 있는 호사일까지도 의심하며 감시의 영역에 두었는데, 움막은 적적하기 그지없었다. 살기는커녕 공기의 움직임조차 없는 듯했다.

"피가 없어. 내가 확인해 보겠네."

호사일은 성큼성큼 걸어가 중앙에 놓인 사람의 머리를 이리저리 둘러보았다.

그때였다.

"후우우."

갑자기 머리가 눈을 뜨며 긴 숨을 토해냈다. 호사일은 너무 놀라 뒤로 벌러덩 자빠졌고, 피월려는 재빨리 역화검으로 그 머리를 겨누었다. 머리는 한동안 숨을 헐떡이더니 곧 피월려와 눈을 마주쳤다.

머리가 말했다.

"피, 피월려? 그렇다면… 녹림이 날 팔았군!"

호사일은 머리의 뒷목에 손가락을 올려놓았다. 쿵쿵거리는 맥박이 느껴지자 피월려를 돌아보며 말했다.

"이자. 살아 있소. 몸이 땅속에 묻혀 있군."

피월려는 심장이 내려앉는 듯한 안도감을 느꼈다.

"나는 무슨 귀신이라도 되는 줄 알았습니다."

"내 말이 그 말이오."

피월려는 역화검을 거두었다. 머리만 땅 위에 튀어나와 있는 살수는 전혀 위험하지 않기 때문이다. 그는 앞에 앉아 그 머리를 주시하며 말했다.

"아마 혈도를 풀고 내공을 찾기 위해서 스스로 땅속에 몸을 묻은 것 같은데……. 맞소?"

머리는 질문에 대답할 생각이 없는 듯했다. 단지 모든 것을 잃어버린 듯한 허무한 눈동자로 애써 위를 바라보며 멍하니 있었다.

최후의 보루인 녹림이 배신했다면 더 이상 갈 수 있는 곳이 없기 때문이다.

피월려는 호사일에게 말했다.

"저자가 내공을 찾았는지 한번 봐주십시오."

호사일은 고개를 끄덕이고는 손가락을 통해 작은 양의 내공을 살수에게 불어넣었다. 그러자 내공을 거부하는 어떤 반발력을 느꼈는데, 자기의 내공을 따로 가진 무림인이 아니면 가질 수 없는 크기의 반발력이었다.

그것을 몇 번이나 반복하며 확신한 호사일이 말했다.

"확실히 내공은 되찾은 것 같소. 맥이 정상인 것이 혈도 풀린 것 같고. 아직 만 하루가 지나지도 않았는데 대단하군."

"그래도 땅속에 묻혀 있으니 어찌할 수 없을 겁니다. 그럼 여기서 죽입니까?"

호사일은 철편을 다시 허리에 매면서 말했다.

"생포하라는 말은 없었소. 하지만 생포할 경우 포상이 더욱 클 것 같긴 하오. 피 후배의 생각은 어떻소?"

호사일도 외부인 출신이다 보니 보상을 중요시 여기는 면이 있었다.

피월려는 솔직히 그를 죽여 후환을 남기고 싶지 않았지만, 이렇게 우위를 점하고 있는 상황에서는 어느 정도 여유를 부려도 상관없겠다는 생각이 들었다.

그가 말했다.

"그렇게 하기 위해서는 다시 점혈해야 합니다. 호 대원께서는 점혈법을 아십니까?"

"내 자랑은 아니지만, 소실 적에 짧게나마 배운 지식이 있소, 하하하."

"지속력은 얼마다 됩니까?"

"짧게는 반 시진에서 길게는 한 시진 정도 되오. 뭐, 내가 옆에서 계속 점혈을 찍으면 상관없지 않겠소?"

지속력이 반 시진에서 한 시간이면, 하급 중에서도 하급 점혈법이었다. 파락호가 어깨너머로 배운 수준밖에 되지 않는 것이다.

피월려는 조금 걱정이 앞섰다. 하지만 그것을 그대로 말하다간 호사일의 자존심을 건들 수 있었다.

그는 조용히 타이르듯 말했다.

"일단은 심문을 해보겠습니다. 그리고 결정하는 것이 좋겠습니다."

"뭐, 그렇다면야……. 흠, 피 후배의 뜻대로 하시오."

호사일은 흔쾌히 말하는 듯했지만, 한쪽 입술이 살짝 비틀어지는 것이 조금 언짢은 듯 보였다. 피월려가 그의 점혈 실력을 믿지 못한다는 것을 눈치챈 것이다.

피월려는 손을 들어 살수의 턱을 꽉 잡았다. 그리고 눈을 마주쳤다.

"방금 들었겠지만, 네가 죽고 사는 것은 하는 답변에 달려 있다. 그러니 내가 묻는 말에 제대로 대답하는 것이 좋아."

살수는 피월려의 손에 의해서 뒤틀려진 턱을 움직여 겨우겨우 한 마디씩 말을 내뱉었다.

"내 대답을 다 듣고 나면 죽일 거지? 그러니 내가 살기 위해서는 아무런 대답도 하지 않아야 해. 참으로 형편없는 수준이야. 모순적인 협박이라니……."

피월려는 표정을 굳혔지만 마음속으로는 웃었다. 이런 식으로 나와주는 것이 아예 침묵으로 일관하는 것보다 훨씬 다루기 쉬웠기 때문이다.

"쓸모가 있다는 걸 증명하지 않으면 죽는 것도 매한가지야. 결국 정보를 제공하고 안 하고는 네 몫이지만, 알아서 잘 판단해. 그럼 첫 질문. 살막주를 죽이면서까지 항복했으면서 하루도 지나지 않아 왜 도주한 것이지? 그것도 네 명이서 다 같이."

"그것도 몰라서 묻는 거냐? 한심하군."

"추측한 게 하나가 있긴 있지. 혹시 살막주를 배신한 거… 짜고 한 거 아니야? 살막주가 희망이 없다고 보고, 자기를 희생해서 배신하는 척 연기를 하라고 명한 거 아니냐고? 그렇게 거짓 배신을 통해 천마신교의 신임을 얻고 쉽게 탈출하려고 말이야."

피월려가 말을 하는 와중에 서서히 비웃음이 살수의 얼굴에 자리 잡았다. 피월려는 그 비웃음이 거짓인지 진실인지 읽을 수 없었다.

살수가 걸걸한 목소리로 말했다.

"이제 갓 약관을 넘긴 놈이 뭘 안다고 씨부리냐? 서당 개 삼 년이면 풍월을 읊는다더니, 혈신동이란 별호로 낭인 생활 좀 했다고 네놈이 뭘 아는 것처럼 깝치는 것 같은데. 잘 들어

라. 심문이란 건 네놈처럼 어린놈이 할 수 있는 게 아니다. 젖비린내 나는 아가리는 좀 닥치고 어른들이 대화할 테니까 저쪽에 좀 꺼져 있어. 알았냐? 그리고 너, 호 씨. 이런 애새끼한테 맡기고 넌 그냥 뒷짐 지고 있냐? 사내새끼가 돼서 일을 주도적으로 해야지, 나이만 처먹고 하는 게 없네? 한참 어린 후배한테 이리저리 휘둘리고 쯧쯧쯧. 이 세상에 영원한 건 없다더니 천마신교도 갈 때까지 갔구나."

매우 화려한 언변이었다. 그러나 피월려는 그 속에 숨겨진 의도를 눈치채고는 감탄하지 않을 수 없었다.

살수는 방금 나눈 대화로 인해서 호사일이 자존심이 강하고 자존감은 낮은 인물이란 것을 노련하게 간파했다. 그래서 그것을 가지고 호사일과 피월려의 분쟁을 일으켜 좀 더 다루기 쉬운 호사일에게 주도권을 넘기려는 것이다.

그리고 살수의 뜻대로 호사일은 자존심에 상처를 받았는지, 무언가 결심했다는 표정으로 피월려를 돌아보았다. 피월려는 그가 뭐라 말하기도 전에 벌써부터 듣기가 싫어졌다.

"피 후배. 내 말을 오해하지 말고 들으시오. 내가 이 살수가 하는 말에 완전히 동의하는 것은 아니지만, 그래도 무시할 수 없는 부분이 있소. 내가 지금까지 피 후배가 일을 주도하게끔 한 것은 선배로서 후배에게 공을 세울 기회를 주기 위함이었으나, 이자를 심문하는 일만큼은 좀 더 강호의 경험이 많고 나이가 있는 내가 하는 게 좋을 것 같소. 이것은 매우 중요한 일이기 때문에, 피 후배에게 맡기기보단 직접 하는 것이 옳소. 이 점을 양해해 주시오."

자존심이 세고 자존감은 낮은 사람들의 특징은 발끈한다는 것이다. 그 발끈 때문에 시야가 좁아지고 생각이 얕아진다.

지금 피월려가 어떠한 이야기를 한다 해도 호사일은 개인적으로 받아들일 것이 분명했다. 그리고 그러다 보면 정말로 분쟁이 일어날 것이다. 이를 잘 아는 피월려는 최대한 표정을 관리하려 했지만, 한심하다는 생각이 머리에서 떠나질 않았다. 그는 억지로 포권을 취하며 고개를 숙임으로써 표정을 숨길 수밖에 없었다.

"아닙니다. 호 대원의 말씀이 옳습니다. 제가 괜히 나섰습니다."

"아니오. 내가 후배에게 이리 말할 수밖에 없었음을 이해해 주시구려. 하지만 중요한 사안이라 부득이하게 내가 해야만 하는 것이오."

"……."

피월려는 고개를 슬쩍 돌려 살수를 보았는데, 살수는 누렇게 썩은 이를 보이며 소리 없는 광소를 터뜨리고 있었다. 화가 급 치민 피월려는 역화검으로 그의 멱을 따버리고 싶은 생각이 굴뚝같아졌다.

피월려의 몸에서 살기가 나오자 호사일이 피월려의 팔뚝을 툭툭 쳐주었다.

"어허, 어허. 살기를 거두시오. 나도 피 후배처럼 젊었을 때는 욕설 하나하나에 다 민감하게 반응하면서 화를 내고 그랬소. 이 살수가 한 말을 너무 감정적으로 받아들이지 마시오. 다 피 후배를 도발하려고 저러는 것이니, 저런 도발에 넘어간다면 참으로 어리석은 것이오. 그런 점 때문에 피 대원에게 심문을 맡길 수 없는 것이오. 그러니 잠시 물러나서 내가 하는 것을 잘 지켜보시오."

피월려의 분노는 호사일을 향한 지독한 실망이 그 첫 번째 이유였다.

피월려는 속으로 겨우겨우 감정을 삭이면서 가까스로 미소 하나를 얼굴에 띄울 수 있었다.

"하… 하하… 하. 여, 역시 호 대원의 말씀을 들으니 화를 낼 이유가 없는 것 같군요. 그럼 전 호 대원께서 이 살수를 심문하는 것을 저쪽에서 잘 보고 배우도록 하겠습니다."

호사일은 무슨 무공을 전수하는 스승이라도 된 듯이 말했다.

"그러시오. 많은 것을 배울 수 있을 것이오."

그렇게 호사일은 살수 앞에 앉아서 심문을 시작했다. 그런데 그 실력이 답답하기 그지없어 미쳐 버릴 지경이었다. 참다 못한 피월려가 가끔씩 질문을 던질 때면, '피 후배는 잠시 가만히 있으시오'나 '피 후배, 내게 맡기시오' 등등으로 피월려의 말을 잘라 버리기 일쑤였다. 살수는 말도 안 되는 정보를 흘리면서 마치 호사일의 심문으로 인해서 어쩔 수 없이 밝히는 것처럼 교묘하게 꾸며, 호사일로 하여금 엄청난 자신감을 가지게 만들었다. 때문에 호사일은 좀 더 자신 있게 자기의 의견을 밝혔고 그것은 곧 피월려의 의견을 자신 있게 무시하는 것으로 이어졌다.

결국 호사일은 살수를 생포해서 지부로 데려가자는 주장을 했다.

헛된 정보만 얻고 이대로 도주의 빌미까지 제공할 수 없었던 피월려는 차라리 하책이라도 쓰자는 마음에 말했다.

"그냥 여기서 죽입시다. 후환을 남기지 않는 것이 좋습니다."

"피 후배. 그 말은 내 점혈법을 믿지 못하겠다는 말로 들리오."

"아닙니다. 단지……."

"단지?"

"필요한 정보를 모두 얻었으니 더는 생포해서 갈 필요가 없지 않습니까?"

필요한 정보는 개뿔, 작은 것 하나 알아내지 못했다. 하지만 그렇게라도 설득해야 했다.

그러나 그런 설득조차 무의미한 듯 보였다.

"아직 심계에 미천한 피 후배는 내가 필요한 정보를 모두 얻은 것처럼 보였겠지만, 사실 이 살수는 좀 더 숨기는 것이 있는 것이 확실하오. 지부에는 나보다 훨씬 심문을 잘하는 사람들이 있소."

그렇다면 애초에 심문을 할 필요가 없었잖아, 이 한심한 놈아.

피월려는 속마음을 숨기며 애써 웃었다.

"설마요. 이미 호 대원의 놀라운 심문 솜씨 때문에 이 살수가 모든 것을 말하지 않았습니까?"

호사일은 손을 저었다.

"나는 겸손한 사람이오, 피 대원. 자만한 태도로 일을 그르칠 순 없소. 내가 심문을 잘 끝내긴 했지만, 모든 것을 알아냈다고 단정 짓는 것은 자만이오."

"하지만……."

"됐소. 이미 충분히 설명했으니 내 결정에 따라주시오, 피 대원."

꽉 막혔다.

이유는 간단하다.

그런 결정을 내린 것이 마치 자기가 겸손하기 때문이라고 착각하기 때문이다. 실상은 자기의 결정을 번복하며 자존심을 더 구기기 싫고 더 큰 공을 바라는 욕심 때문이지만, 호사일이 그 진실을 깨달을 수 있는 가능성은 그가 교주가 되는 것보다 더 희박할 것이다.

피월려는 포기했다.

"알겠습니다. 호 대원의 의견에 따르겠습니다."

그 말을 듣자마자 호사일은 함박웃음을 지었다. 그러면서 그의 양손을 붙잡았다.

"역시 피 대원은 뭔가 다르군. 나처럼 낭인 생활을 해서 그런지 시야가 좁은 주소군이나 천서휘 같은 자들보다 훨씬 생각하는 것이 깊어."

호사일이 그렇게 생각하는 것도 무리는 아니다.

만약 지금 상황에 피월려가 아니라 천서휘가 있었다면, 말을 꺼내기도 전에 검을 휘둘러 살수를 죽였을 것이고, 주소군이 있었다면 호사일의 말을 조목조목 따져가면서 그의 자존심을 뭉개 버렸을 것이다.

피월려는 난생처음으로 자기가 착한 편이라는 생각을 해봤다.

"아니, 귀찮은 건가."

"응? 뭐라 했소?"

호사일은 피월려가 하는 혼잣말을 어렴풋이 듣고 물은 것이다. 이런 사람은 특히 귀도 밝다.

피월려는 고개를 흔들었다.

"아닙니다. 그냥 혼잣말이었습니다. 그런데 일단 땅을 파서 이 살수를 꺼내야 하지 않겠습니까?"

"아. 그렇지. 일단 꺼내야 점혈을 할 수 있소."

"그럼 제가 땅을 팔 테니, 호 대원께서 이자를 잘 감시해 주십시오."

"알겠소. 궂은일은 굳이 하시겠다니. 참 좋은 사람 같소, 피 후배는."

"그것이 아니라, 철편으로 땅을 파는 것보다는 역화검으로 파는 게 더 좋아서 그렇습니다."

"흐음… 날이 상하지 않소?"

"이 검은 마검입니다. 흙에 상할 수 없는 검이지요."

"그, 그렇소?"

"걱정하지 마십시오."

"알겠소."

피월려는 살수 주변의 땅에 검을 푹푹 박아 넣으면서 땅을 곱게 만들었다. 그리고 마치 곡괭이처럼 땅을 긁으면서 조금씩 파내려 갔다.

살수는 눈빛을 빛내면서 공격할 기회를 노렸지만, 조금도 방심하지 않는 피월려 때문에 모두 허투루 돌아갔다. 호사일은 그런 신경전이 일어나고 있다는 것조차 느끼지 못하는 듯, 세상이 떠나가라 계속 하품만 했다.

시간이 지나고, 피월려는 살수의 상체를 덮은 흙을 모두 파내었다. 호사일은 옆에서 고개를 꾸벅거리며 졸고 있었고, 피월려는 그를 흔들어 깨웠다.

"크흠. 무, 무슨 일이오?"

"상체까지 파냈으니, 점혈을 해야 합니다. 그전에 하체까지 파낸다면 도망갈 위험이 있습니다."

"아, 알았소."

호사일은 입가에 흘린 침을 닦으면서 살수에게 다가갔다. 그리고 살수의 몸을 이리저리 살피면서 손을 들었다 놨다 했는데, 마치 어떻게 시작해야 할지 몰라 허둥대는 것 같았다. 곧 점혈을 시작하긴 했는데, 그 모습이 마치 젓가락으로 맛없는 음식을 찍어대는 어린아이의 것과 같았다.

피월려는 마음에서 점점 사라져 가는 믿음을 도저히 붙잡을 수 없었다.

엉성한 솜씨로 점혈을 마친 호사일이 말했다.

"다 되었소."

호사일은 큰일을 한 것처럼 뿌듯한 표정을 짓고 양손을 털었다. 하지만 그의 점혈법을 믿을 수 없었던 피월려는 조금도 경계를 늦추지 않고 다시 땅을 파기 시작했다. 살수의 몸을 꺼낼 수 있을 정도가 되자 피월려와 호사일은 양쪽에서 그를 붙잡고 위로 빼내었다.

살수의 몸은 마치 단단한 소나무처럼 딱딱하게 굳어 있었다. 점혈이 잘되긴 됐는지 작은 미동조차 없었다. 피월려는 그제야 완전히 안심하며 살수의 다리를 어깨에 멨다. 호사일은 살수의 상체를 어깨에 들고는 피월려에게 말했다.

"자, 이제 지부로 귀환하겠소. 길이 험하니 천천히 따라오도록 하시오."

"알겠습니다."

호사일이 걷기 시작했고, 피월려도 그를 따라서 한 발자국을 떼었다.

그때였다.

쿵!

호사일은 갑자기 뒤로 기우는 무게중심 때문에 뒤로 엉덩방아를 찧었다. 피월려가 갑자기 살수의 다리를 놓아버려 그리된 것이다. 호사일은 뒤를 돌아보며 화를 냈다.

"뭐 하는 짓이오?"

피월려는 호사일의 질문에 반응하지 않았다. 다만 마치 먹이를 찾는 맹수처럼 사방을 두리번거리고 있을 뿐이었다. 그러다 갑자기 역화검을 꺼내 들더니 호사일을 쳐다보지도 않고 말했다.

"방금… 느끼지 못했습니까?"

"뭘 말이오?"

"순간 엄청난 살기가 느껴졌습니다."

호사일은 얼굴을 확 구겼다.

"그게 무슨 뚱딴지같은 소리이오?"

"호 대원께서는 느끼지 못했단 말입니까?"

호사일은 피월려를 묘한 눈길로 보다가 버럭 화를 내었다.

"지금 내 점혈을 무시하는 것이오! 이 살수는 분명히 점혈이 되었소! 살기를 내뿜을 리는 없소!"

피월려는 여전히 경계를 늦추지 않으며 급격히 작아진 목소리로 속삭였다.

"그런 수준의 살기가 아니었습니다. 이 지역 일대를 완전히 짓누르는 정도의 살기였습니다. 지금은 사라진 것 같습니다만……."

"참 나, 피 후배. 그런 살기가 있었다면 지금 야랑채가 이리 조용하겠소? 게다가……."

아— 우!

아— 우!

하늘 끝까지 울리는 늑대의 울음소리가 호사일의 말을 막았다.

피월려와 호사일은 멀뚱한 표정으로 서로를 마주보았다.

"크아악!"

"꺄악!"

"칩입자다아!"

일순간 사방에서 사람들이 고함을 치기 시작했다. 호사일은 서둘러 내공을 다스리면서 철편을 꺼내 들었다. 피월려는 즉시 살수가 있었던 땅속으로 몸을 숨기면서 외쳤다.

"안으로 들어오십시오. 심상치가 않습니다. 잠시 상황을 판단할 시간이 필요합니다."

호사일은 머뭇거리다가 곧 안으로 들어왔다.

"저 살수는 어떻게 해야 하오?"

"일단은 여기서 상황을 지켜보아야 합니다."

그들이 대화하는 와중에도 비명 소리는 끊이지 않았다. 모두 사람이 목숨을 잃어버릴 때 지르는 단말마였다. 그 외에는 아무런 소리도 나지 않았다.

피월려는 이것이 고수 한 명의 일방적인 학살이라고 결론지었다.

사람의 비명 소리가 나는 방향이 항상 일정했고 비명 외에 병장기 부딪치는 소리가 나지 않았기 때문이다.

죽음의 소리만 가득한 야랑채에는 살인은 있었으나 전투는 없었다.

다만 피월려에게는 한 가지 의문점이 있었다. 그토록 강력한 고수라면 당연히 그 기운이 느껴져야 한다. 그런데 처음 살기가 느껴진 것 말고는 지금까지 다른 기운을 느낄 수 없었다.

한 식경이 지나고, 사람들의 비명도 점차 그 횟수가 잦아들고 있었다.

대신 움막이 무너지거나 부서지는 파괴의 소리가 늘어났다. 그 소리는 점차 피월려와 호사일 쪽으로 가까워지더니, 엄청난 기운이 움막으로 폭사되었다.

퍼어어엉!

소용돌이와도 같은 바람이 움막의 주요 기둥을 모두 부서버리자 움막이 주저앉기 시작했다. 피월려와 호사일은 재빨리 몸을 움직여 무너지는 움막을 피해 뒤로 달아났다.

그리고 그들은 이 소란을 일으킨 주인공을 눈앞에서 만나게 되었다.

가도무였다.

"흐음… 이놈은 눈에 익은데 말이지……. 흐음… 내가 널 어떻게 알고 있지?"

검고 새빨갛다. 검게 굳은 피 위에 붉은 피를 뒤집어썼다.

조각난 팔다리가 옷을 대신하고 찢어진 내장이 장신구를 대신했다.

앳된 소녀의 반쯤 찢어진 머리를 한 손에.

야랑채주의 머리를 다른 손에.

가도무는 수라계의 투신과도 비견될 기운을 내뿜고 있었다.

지금까지 이런 광포한 기운을 느끼지 못했다는 것을 믿을 수 없을 정도로 거대하고 강대했다.

피월려는 자기도 모르게 질근 눈을 감았다. 두려움을 피하고 싶어 하는 본능은 무림인으로 십 년 이상 살아오며 얻은 깨달음을 모두 무시했다.

지금 눈을 뜨지 않으면 다시는 뜨지 못한다!

하지만 당장 가도무를 향한 두려움을 극복할 방법이 없다. 피월려는 용안심공을 극한으로 끌어 올리면서 극양혈마공을 십 할 폭주시켰다. 마기가 그의 뇌에 침투했고 광기가 사고의 의지를 대신했다.

극양혈마공의 마기가 서린 피월려의 눈동자는 사백안으로 변했고, 그의 입가에 의미를 알 수 없는 묘한 미소가 떠올랐다.

머리카락 한 올까지 마기가 스며들어 깨끗하게 뒤로 넘어갔고 옷자락은 쉼 없이 펄럭였다. 역화검을 잡은 손은 그 손잡이와 하나가 되었고 전신에서 마기가 피어올랐다.

피월려의 육신은 마기의 노예가 되어 완전한 마인이 되었다.

그런 육신을 피월려의 정신이 내려다보고 있었다. 용안심공으로 완벽히 보호받고 있는 정신은 그의 육신과 연결된 실을 움직이며, 마기의 노예가 된 피월려의 육신을 마치 인형처럼 조종했다.

처음은 눈이다.

피월려가 눈을 뜨자, 가도무는 이빨을 드러내며 씩 웃었다.

"오호? 내 살기를 받아내? 재밌는 놈이군. 죽이려다 참았다."

피월려가 포권을 취하며 말했다.

"천마신교의 선배님을 뵙습니다. 피월려라 합니다."

가도무는 피월려의 이름을 듣자마자 놀란 듯 소리쳤다.

"피월려? 아! 그래그래! 기억나는구나! 그 폭포에서 본 놈이지! 극양혈마공이라고 했던 것 같은데? 짧은 시간 안에 성취가 대단하구나!"

"선배님에 비할 바 되지 못합니다. 감탄하지 아니할 수 없는 거대한 마기이십니다."

"그거야 반 폭주 상태니까 그런 거지, 내 본 실력이 그런 게 아니다."

"그런데 여긴 어쩐 일이십니까? 이 후배를 만나고자 하신 건 아닌 것 같은데."

"나는 호사일을 만나러 온 거다."

"호 대원을요?"

피월려는 옆으로 시선을 돌려 호사일을 보았다. 호사일은 바닥에 주저앉아 연신 켁켁거리며 구토를 하고 있었다. 가도무는 양손에 쥔 머리를 옆으로 버리고 몸에 달라붙은 살덩이들을 하나씩 제거했다.

"내 모습이 좀 더럽긴 하다만, 코앞에서 저리 구토질을 하다니……."

피월려는 고개를 갸우뚱했다.

"그렇습니까? 전 이상하게 괜찮군요."

"넌 지금 마성이 인성(人性)을 대신하는 중이다. 그러니 인간이 느껴야 하는 감정을 느끼지 못하는 것이 당연하지."

"마기가 폭주한 것입니까?"

"그렇지."

"그렇다면 전처럼 제 생명이 위험한 겁니까?"

"그래야 한다."

"……."

"단지 폭주로 얻은 내력을 마구잡이로 사용하지 않았기 때문에 괜찮은 것이지. 재밌는 건, 마기로 인해 얻은 힘은 그 힘을 사용하고 싶은 강렬한 욕구를 동반한다. 그런데 넌 그걸 엄청난 정신력으로 참고 있다. 그건 마공의 숙련도와는 별개의 문제지. 네놈도 네놈 나름대로의 해답을 찾은 것 같구나."

피월려는 그렇게 말하는 가도무의 옆을 흘겨보았다. 사방에 나돌아 다니는 수십 구의 시체는 원래 살아서 움직이던 사람이었다는 것을 도저히 믿을 수 없는 참혹한 모습이었다. 그것을 소름 돋는 사백안으로 훑은 피월려가 중얼거렸다.

"그래서 저리 죽인 겁니까?"

"말했잖느냐? 반 폭주 상태라고. 이 상태로는 살인 충동을 잘 억누를 수가 없다. 천살성인 난 죄책감 같은 좋은 도구도 없으니 더 심하지……. 하여간 늙어서 개고생이야."

"선배님은 전에 제 목숨을 살려주셨습니다. 고생하시는 선배님을 제가 도와드리고 싶습니다만."

피월려는 솔직히 예의상 말한 것이다. 가도무는 그것을 알고는 코웃음을 쳤다.

"흥! 천살성에게 거짓말은 소용없다. 그리고 그것이 진실이라 해도 오늘은 네가 아니라 저놈한테 얻어야 할 게 있다. 개 같은 자식. 같은 혈교인만 아니면 벌써 죽였지."

가도무는 그리 말하면서 호사일에게 다가가 그의 배를 걷어찼다.

무공도 아닌 단순한 발차기였지만, 마기가 실린 가도무의 발은 순간적으로 일으킨 호사일의 반탄지기를 깨부술 뿐만 아니라 갈비뼈까지 부러뜨릴 정도로 강력했다.

"커억!"

호사일은 피를 토해내며 배를 부여잡고 뒹굴었다. 가도무는 일말의 자비도 없는 목소리로 말했다.

"일어나라. 아니면 진심으로 죽인다."

호사일은 정신을 번쩍 차리고 즉시 몸을 세웠다. 하지만 죽음의 공포도 가슴의 고통을 해결하진 못하는지, 양손으로 가슴팍을 꼭 부여잡고 있었다.

"죄, 죄송합니다."

가도무가 말했다.

"어떤 혈교인이 쓰레기보다 못한 너 따위를 혈교인으로 만들었는지는 원……. 네가 오늘 널 만나고자 한 이유는 하나 묻고 싶은 것이 있기 때문이다."

호사일은 무릎을 팍 꿇으며 덜덜 떨리는 목소리로 말했다.

"아, 알겠습니다. 모두 고해 바치겠습니다."

"북해신궁에서 가져온 빙정. 어떤 괴한에게 빼앗겼다고 보고했다 들었다. 그 말이 사실이냐?"

"그렇습니… 크악!"

어떤 수를 썼는지 알 수 없었다. 그러나 호사일의 왼팔이 완전히 어깨에서 떨어져 나갔다. 호사일은 비명을 질러댔고, 가도무는 손가락을 뻗어 어깨 주위를 점혈하여 피를 멈췄다. 그런데 손길이 너무 험악하여 혈을 막은 것이 아니라 부숴 버린 수준이었다.

어쨌든 출혈은 멎었다.

가도무가 눈물 콧물까지 쏟아내는 호사일의 턱을 부여잡고 다시 말했다.

"빙정을 빼앗긴 게 아니라 네놈이 직접 넘겨주었다는 걸 알고 있다. 그러니, 다시 한번 거짓을 지껄이면 그땐 모가지다."

호사일은 혼이 떠나간 것 같은 눈빛으로 멍청하게 연신 고개를 끄덕였다.

"뭐, 뭐든! 흐윽. 무, 뭐든……."

"네놈이 빙정을 넘긴 자들이 누구냐?"

"사… 사, 사……."

호사일은 파르르 떨며 말을 잇지 못했다. 가도무는 그의 턱을 들어 올리면서 물었다.

"누구?"

"사처, 천… 당문이, 입니다."

"사천당문? 개네들이 왜?"

"그, 그건… 저, 저도 잘."

퍽!

호사일의 눈과 코가 있던 곳에는 가도무의 팔목이 자리 잡았고, 호사일의 뇌가 있던 곳에는 가도무의 주먹이 있었다. 뒤로 터진 호사일의 뒤통수에서 완전히 뭉개진 그의 뇌가 뇌수와 함께 툭 튀어나왔다.

피월려는 별 감흥 없는 목소리로 말했다.

"거짓을 말하는 것 같지 않았습니다만."

가도무는 호사일의 머리에서 주먹을 빼내면서 말했다.

"아니, 거짓말이었다. 천살성인 내가 보장하지. 이런 상황에도 머리를 굴리는 그 천성이 명을 재촉한 것이다. 감히 내 말을 무시하다니, 죽어도 싸지."

"……."

"아, 약해 빠진 놈. 이걸로 죽어버리다니. 더 들어야 할 것이 많은데 말이지. 일이 귀찮게 됐군."

가도무는 손을 툭툭 털어내면서 마치 상쾌한 운동을 끝마친 것처럼 기지개를 폈다. 달처럼 동그란 그의 눈 속에서 별처럼 작은 눈동자가 미친 듯이 진동했다. 그러다 갑자기 딱 그 눈동자가 멈췄다.

가도무의 초점은 역화검에 맞춰 있었다.

"그거, 좋은 검이군."

그의 말투는 마치 할 말이 없어 날씨 이야기를 꺼내는 것 같았다. 어색함을 달래고자 하는, 마음 없는 말처럼 들렸다.

피월려 또한 날씨 이야기에 대꾸하는 것처럼 대답했다.

"역화검이라 합니다."

"이름도 좋아. 한번 봐도 될까?"

피월려는 즉시 사백안의 시선을 아래로 내리면서 양손으로 그 검을 바쳤다. 그리곤 검보다 낮게 고개를 숙였다. 한쪽 무릎을 살포시 꿇기까지, 그의 행동에는 조금의 망설임도 없었다.

가도무는 역화검에서 피월려의 얼굴로 시선을 돌렸다. 피월려가 내바친 검에는 아무런 관심도 없는 것 같았다. 그의 흉흉한 눈동자는 피월려의 얼굴만을 주시했다.

가도무가 한 발자국 다가왔다. 코앞까지 다가온 그는 허리를 숙여 역화검 아래로 고개를 들이밀었다.

가도무는 하얀 치아가 보일 정도로 환하게 웃고 있었지만, 눈은 웃지 않았다.

마기가 감돈 눈동자는 피월려를 훑었다.

역화검 아래에서, 가도무는 털끝이 닿을 것 같은 거리에서 피월려를 노려보았다.

가도무는 피월려가 그를 마주보고 있는지, 아니면 눈동자를 아래로 향하고 있는지 알 수 없었다. 역화검의 그림자가 피월려의 눈을 어둡게 가리고 있었기 때문이다. 그러나 가도무는 피월려가 그를 뚫어지게 바라보고 있다는 것을 알 수 있었다.

사냥 직전의 맹수처럼 고요한 어둠 속에 핏빛 눈동자를 숨기고 은밀한 시선으로 마주 본다.

가도무는 기분이 즐거워짐을 느꼈다.

씨익.

가도무는 입을 다물었으나 미소는 유지했다. 그는 서서히 고개를 빼고 허리를 폈다. 곧 아무런 일도 없었다는 듯이 역화검을 내려다보았다. 세밀하게 관찰한 뒤, 손을 뻗어 검신을 쓸었다.

역화검은 평소보다 훨씬 잠잠했다. 마치 사념이 담기지 않은 보통의 검과 같았다.

가도무가 나지막하게 읊조렸다. 무미건조한 목소리였다.

"이전에 검 하나를 제작하려 했다."

"……."

"양으로 치우진 내 마공을 달래고자 극음으로 이뤄진 마검을 의뢰했지."

"……."

"그 때문에 아주 귀찮았지. 직접 성안까지 들어가는 위험까지도 감수했다. 빙정은 정말이지 마지막 대안이거든."

"……."

"최대한 빙정은 건들고 싶지 않았다. 그 마검만 얻을 수 있다면, 아마 빙정을 찾고자 여기까지 올 필요도 없었을 거야."

"……."

"그런데 그 대장장이가 그 검을 지가 갖고 놀았다. 주인이 엄연히 있는데, 괘씸하게도 말이지. 그러더니만 결국 죽어버렸다더군.”

“…….”

“그런데 그 이후에는 무슨 일이 일어났는지 알 길이 없다. 그 대장장이가 어떻게 되었는지, 내 검에는 어떤 일이 있었는지. 도통 새 소식이 없어.”

“…….”

“이 검… 대단한 마기를 품고 있어. 엄청난 양의 양기군.”

“…….”

“이거 어떻게 만든 거냐?”

천살성에게는 거짓이 통하지 않는다.

피월려가 말했다.

“낙양에 유명한 대장장이가 있습니다. 아마 선배님께서 말씀하신 그 대장장인 것 같습니다. 그건 그자가 만든 검 중 하나입니다. 제 극양혈마공과 좋은 조화를 이루어서 마기를 진정시키는 데 아주 탁월한 효과가 있습니다.”

“그래? 뭐, 그렇다면야……. 흐음.”

“…….”

“근데, 왜 역화검이란 이름을 지은 것이냐?”

“…….”

“특이한 이름이지 않느냐? 분명 이유가 있을 텐데?”

“그것은… 역발상에서 시작된 것이기 때문입니다.”

"역발상이라… 설명해라."

천살성에게는 거짓이 통하지 않는다.

피월려는 급격하게 불안해졌다. 가도무에게 진실을 말했다가는 어떤 반응을 보일지 몰랐기 때문이다. 그나마 다행인 것은 그의 육체가 정신으로부터 완전히 동떨어져 있었기 때문에 겉으로 보기에 피월려가 불안해하고 있다는 것은 절대로 알 수 없다는 점이었다.

그래도 오랜 침묵은 어찌할 수 없다. 할 말이 없는데, 자동으로 변명이 흘러나오진 않는다. 피월려는 무슨 말이라도 시작하지 않으면 목숨을 장담할 수 없다고 판단했다. 그러나 도저히 할 말을 찾을 수 없었다.

이대로 가도무가 추궁한다면 오늘 제삿날이 될 수도 있다.

그때였다.

"아! 아! 아! 그래. 역발상이라. 그러니까 검 속에 네 마기를 주입하여서 네 몸의 부담을 더는 것 아니냐? 폭주하려는 극양혈마공의 마기 일부를 검에 전가시키는 것이지. 때문에 이 검은 이런 양기를 소유하게 된 것이고. 크! 좋은 역발상이다! 내가 왜 진작 그 생각을 하지 못했을까!"

"……."

"크! 역시 네놈을 살려두길 잘했다. 나와 같은 문제를 가지고 있으니, 내가 생각해 내지 못한 해결 방법을 네놈이 찾아내는구나! 흐음. 도구에 불안전한 내력을 주입시킨다라…….
음기가 강한 것만 생각하느라 양기를 잘 받는 것에 대해서는
전혀 생각하지 못했다."

"선배님에게 도움이 되어서, 후배의 마음이 매우 편합니다."

"그래! 그래! 크하하. 좋다! 내가 인심 써서 네놈은 살려두
마!"

가도무는 검신을 쓸던 손가락을 살며시 떼었다. 그리곤 피
월려의 어깨를 툭툭 쳐주었다.

"간만에 마음에 드는 녀석이군. 하지만 내 마기는 매우 불
안정하다. 서둘러 빙정을 얻어야 하니 아쉽다. 다음에 만날
수 있으면 또 만나도록 하자. 아, 그리고. 내가 여기 왔단 말은
지부에 하지 마라. 알았느냐?"

피월려는 헛웃음을 지었다.

"그건 불가능합니다. 후배가 말하지 않아도 천마신교의 마
조대는 충분히 선배님의 흔적을 알아낼 수 있고, 후배는 그들
을 속일 수 있을 만큼 이 야랑채에 남은 흔적을 지울 실력도
없습니다."

"그래? 흐음……. 그럼 그냥 말하거라. 그래 봤자 교주도 없
는데, 지부 따위가 뭘 어쩌겠느냐? 크하하."

그는 하늘 높이 고개를 들고 광오한 웃음을 터뜨렸다. 피월
려는 얼굴에 비릿한 미소를 띨 뿐 소리를 내진 않았다.

가도무는 살기와 마기를 거두었다. 안도감을 느낀 피월려가 가도무에게 슬쩍 물었다.

"호 대원이 여기 있었단 건 어떻게 아셨습니까?"

"나도 정보를 얻는 데가 있다."

"그렇다면……."

갑자기 마기와 살기가 되살아났다.

"주제넘게 더 물었다간 죽이겠다. 오랜만에 괜찮게 생각한 녀석을 죽이고 싶진 않다."

"……."

피월려가 입을 다물자, 마기와 살기는 다시 물로 씻은 듯 사라졌다.

"간만에 날뛰니 이제 좀 마기가 내 말을 듣는군. 그럼, 인연이 있으면 다음에 또 보도록 하자."

가도무는 가벼운 경공을 전개하면서 한쪽으로 사라져 버렸다. 그의 기운은 점차 옅어졌고, 곧 산속의 청량한 기운이 다시금 야랑채에 스며들기 시작했다.

피월려는 극양혈마공을 거두었다. 머리카락은 산발이 됐고, 펄럭이던 옷자락은 몸에 밀착됐다. 눈빛은 선해졌고 눈동자는 작아졌다.

그는 그 자리에 쓰러지듯 넘어졌다.

"허억. 허억. 허억. 허억."

거친 숨을 몰아쉰 그는 역화검을 꼭 품에 안았다. 그리고 몸에서 미친 듯이 날뛰는 극양혈마공의 기운을 억누르려 온 힘을 다했다. 폭포처럼 쏟아지는 식은땀이 옷을 완전히 적셔 바들거리며 떠는 몸의 체온을 빼앗아갔다.

한 식경 정도가 지나자 피월려는 겨우 몸을 움직일 수 있었다. 쓰러진 움막과 산처럼 쌓인 시체들 사이에서, 그는 가부좌를 펼치고 극양혈마공을 운용했다. 끈질긴 설득 끝에 피월려의 말을 듣게 된 극양혈마공은 그의 인도를 따라 서서히 움직이기 시작했고, 곧 방대한 양의 마기가 몸에서 일주천하기 시작했다.

제삼십구장(第三十九章)

운기조식을 마친 피월려가 눈을 뜨자 광포한 마기를 담은 안광이 뿜어져 나왔다.

"낮이었으면 꼼짝없이 죽었겠어."

피월려는 막 밝아지려는 하늘을 보며 중얼거렸다. 음기가 충만한 새벽이었기에 운기조식을 잘 마칠 수 있었던 것이지, 만약 낮이었다면 벌써 극양혈마공이 걷잡을 수 없을 만큼 폭주했을 것이다.

그런 생각을 하자 자연스럽게 가도무가 생각났다.

가도무의 주변에는 엄청난 마기가 겉돌고 있었다. 그러나 그를 바라보지 않는다면 그 마기를 느낄 수 없었다. 눈을 통해 마음을 연결하지 않는다면 그 마기의 존재 자체도 알 수 없었다.

이는, 그의 마기가 공기 중으로 퍼져 나가는 것이 아니라는 뜻이다.

오히려 공기가 그의 마기와 조화를 이루어 흡수하고 있었다는 것이 옳다.

그의 마기는 순수한 양기로 이뤄져 있으니 밤공기 속에 녹아든 순수한 음기가 그것과 조화를 이룬 것이다. 그의 몸에서 뿜어지는 엄청난 마기가 자연스럽게 밤공기에 녹아들어 그 자취를 완전히 감추었다.

피월려는 가도무가 어떻게 성내로 침투했는지 확신할 수 있었다.

그가 내뿜는 양기가 너무나도 순수하여, 밤공기에 녹아든 음기와 조화를 이루고 있었기 때문일 것이다. 그 정도의 순수함은 태양의 양기에나 비견될 정도다. 인간의 몸을 입고는 도저히 불가능한 수준이다.

피월려는 무심코 역화검을 내려다보았다. 역화검은 무릎 위에서 잠잠히 운기조식을 도왔었다.

피월려가 역화검에게 독백하듯 말했다.

"네놈도 느꼈지? 가도무의 그 광대한 마기를. 현명한 판단이었다. 지금은 조용히 힘을 기를 때야."

역화검은 움직이지도, 어떤 기운을 발산하지도 않았다. 하지만 피월려는 역화검이 그의 말에 동의를 표했다고 느꼈다.

막 자리에서 일어나려고 하는데, 순간 머리를 스치는 생각이 있었다.

"그 살수……."

피월려는 서둘러 몸을 일으키고는 주변을 살폈다. 그런데 어디에서도 살수의 모습을 찾을 수 없었다.

이미 도망친 것이다.

피월려는 이해할 수 없다는 듯 중얼거렸다.

"운기조식할 때 도망친 것인가? 그렇다면 나를 살려둘 이유가 없을 텐데……. 언제 도망친 것이지?"

고심하는 사이 먼 곳에서 기척이 느껴졌다. 대략 다섯 정도 되는 인원인 것 같았는데, 발소리가 일정하고 힘이 넘치는 것이 무공을 익힌 무림인이 틀림없었다.

피월려는 생각을 멈추고는 멀리의 시체 무더기 속에 몸을 숨겼다.

역겨운 피 냄새와 시체 냄새가 코를 찌르는 가운데, 피월려는 그 무리를 눈으로 확인할 수 있었다.

모두 이십 대로 보이는 청년이다.

그들은 특징 없는 평범한 무복(武服)을 제각각 입고 있었는데 한 가지 공통점이라면 가슴 쪽에 이(李) 자가 새겨져 있다는 점이었다.

태원이가(太原李家)의 무인이다.

백도의 중추 세력인 오대세가 중 하나인 태원이가의 인물들이란 생각이 들자, 피월려는 그들을 좀 더 자세하게 관찰했다. 눈을 가늘게 뜨고 보는데, 그 무리 중 한 명의 얼굴이 이상하게 늙어 보였다.

적어도 사십 대는 넘은 것 같다. 건장한 육체나 걸음걸이 하나하나가 이십 대 청년에 비해 전혀 다를 것이 없어, 이십 대라고 착각한 것이다.

일급 혹은 절정……. 사십 대 남자는 절정일 가능성이 컸다.

그들은 주변을 둘러보다가 곧 호사일의 시체까지 다가왔다. 피월려와의 거리는 채 삼 장도 되지 않았지만, 시체 틈바구니에 몸을 숨긴 그의 모습을 눈치챈 사람은 없는 듯했다.

사십 대 남자가 호사일의 머리를 한 손으로 집고 들어 올렸다.

얼굴이 중앙으로 짓눌려지고 뇌와 뼈가 부서져 쟁반 같은 모양을 하고 있는 그 머리는 도저히 눈을 뜨고 볼 수 없을 만큼 역겨웠다. 다른 청년들은 토악질을 하듯 뒤로 물러섰지만, 그 남자는 얼굴에 작은 미동도 없이 심각한 눈빛으로 면밀히 그것을 살피고 있었다.

그가 말했다.

"주먹이군, 단 한 방으로. 주변 살점이 타들어가지 않은 걸 보면 권태(拳颱)는 아니다. 하지만 강기가 아니고서야 설명이 불가능한 위력이군. 두개골이 부서지지 않았지만 모양이 변형됐다면 상상을 초월하는……. 오로지 힘에서 비롯된 흔적. 인간이 이 정도의 힘을 얻기 위해서는 마공 말고는 수단이 없다."

이십 대 청년 중 한 명이 입을 가리고 눈을 찌푸린 채로 말했다.

"사숙께서는 이 혈겁이 마인에 의해서 일어난 것이라 보이십니까?"

사숙이라 불린 사십 대 남자는 침음을 흘리며 대답했다.

"흠……. 설마 했는데. 내가 밤새 느낀 기운은 마기임이 틀림없다. 너무나 옅어서 그냥 기분 탓이라 생각했는데, 알고 보니 거리가 너무 멀어서 그리 느낀 것이다. 그 마기는 산 하나를 넘어서도 영향을 미칠 정도였어. 마인 중에서도 천마급이 확실하다."

"천마급이라 하시면?"

"쯧쯧쯧. 그것도 모르느냐?"

"죄송합니다."

"아니다. 시대가 흐른 탓이지. 혈수마제가 교주로 등극한 이후 마인들이 웅크리고 있다 보니 그들을 향한 경각심이 너무 흐려졌어. 이참에 알아두어라. 마인은 총 세 개의 급으로 나누는데, 천마, 지마, 인마로 부른다. 이 중 천마는 가장 상위급으로 천기를 흐리는 마기를 소유했다 해서 천마급이라 칭한다."

"천기를 흐리는 마기라면 어느 정도입니까?"

"방금 내가 말한 것처럼 보이지 않는 곳조차도 그 마기가 영향을 미칠 지경이지."

"그 정도로 강력하다면 백도의 절정과 흡사한 경지입니까?"

사십 대 남자는 얼이 빠진 듯한 표정을 지었다. 이십 대 청년은 영문을 모르겠다는 듯이 그를 바라보았고, 사십 대 남자는 한숨을 쉬면서 설명했다.

"천마가 가장 상위급이라는 말을 듣지 못했느냐? 그럼에도 불구하고 절정급이라 추측한 것이냐?"

"예? 그러면 설마 초절정급이라는 말입니까? 마공은 그 정도로 대성할 수 없다고 배웠습니다만."

"초절정을 넘어서 입신까지도 봐야 한다. 마교의 위세는 한 시대에 입신의 고수가 백도에 존재했느냐 존재하지 않았느냐로 판단할 수 있다. 백도에서 교주를 막을 수 있는 유일한 수단은 입신의 고수뿐이다."

"그건 말도 되지 않습니다. 조화를 깨뜨림으로 비정상적인 기운을 몸에 쌓은 자들이 어찌 조화경의 고수를 상대할 수 있다는 말입니까?"

"네가 말하는 비정상적인 기운을 천 년 이상 익혀온 자들이다. 천 년의 세월 동안 그들이 얻은 것이 없다고 생각하느냐?"

"……."

"마공을 무시하지 마라. 천히 여기지도 마라. 그런 마음가짐은 마인과의 싸움에서 네 목숨을 앗아갈 것이다."

"하지만!"

"옆을 둘러보아라. 이 참담한 광경을 목격하고도 배우는 것이 없느냐?"

사십 대 남자의 추궁에도 이십 대 청년은 물러서지 않았다.

"이들은 모두 하수입니다. 마공은 본래 하수에게 강력하지 않습니까? 하지만 태원이가와 같은 진정한 백도의 정공에는 허무하게 무너져 내릴 것입니다. 마공은 겉으로 보기에는 강력하고 화려하나 알맹이가 없습니다."

"마치 네가 마인과 싸운 적이 있는 것처럼 말하는구나. 이 사숙은 네 나이에 이미 백여 명이 넘어가는 마인을 처단했느니라. 수많은 사형과 사매를 먼저 보내고 복수의 길을 걸었다. 그때 느낀 것은 절대 마공을 정공의 아래에 둘 수 없다는 것이다."

이십 대 청년은 대답하지 않았다. 하지만 화를 참을 수 없는지 어깨를 움직여 가며 거칠게 숨 쉬었다.

소리를 지르며 반박하고 싶었지만 차마 사숙에게 그러지 못하는 것 같았다.

사십 대 남자는 그를 다독이며 말했다.

"네 마음을 이해하지 못하는 것이 아니다. 또한 네 생각이 틀린 것이 아니다. 마인은 대부분 노력 없이 결과를 이루고자 하는 비겁한 자임이 틀림없다. 하지만 그 틀은 인마까지만 적용된다. 지마급은 절정급만큼이나 피를 토하는 노력이 요구되고 천마급에 이른 마인은 말할 것도 없다. 마교의 수많은 마인을 모두 빈껍데기 같은 자들이라 말하는 것은 옳지 못하다."

따뜻한 목소리에 부끄럼을 느낀 이십 대 청년은 고개를 숙였다.

"죄송합니다. 제가 좀 말이 지나쳤습니다."

"아니다. 이번 여행을 떠나기 전부터 네가 의구심을 가지고 있었다는 것을 안다. 무리는 아니지. 나도 믿기지 않으니까. 하지만 마교는 분명히 소림파를 멸문시킬 정도의 세력을 보유하고 있어. 마인이라고는 이리저리 떠도는 마졸 따위밖에 본 적 없는 네가 그리 생각할 수밖에 없다 본다."

"……"

"일단 이 혈겁은 천마급 마인에 의해서 벌어진 일이 확실하다. 소림파가 멸문했다는 소식이 사실일 수도 있다는 걱정이 드는구나. 만약 그렇다면 이번에 개봉에서 개최된다는 무림대회는 단순한 친목 모임으로 끝나지 않을 것 같구나."

"사숙. 그렇다면 서둘러 소림파에 가서 사실을 확인해야 하지 않겠습니까?"

"그래도 억울하게 죽은 이들을 못 본 척 지나갈 순 없다."

"야랑채의 산적은 악인입니다. 시간이 없으니 그들을 제외하는 것이 어떻습니까?"

"좋다. 그리하자. 여인들의 시체를 한곳에 모아서 불태우도록 하자."

"예, 사숙."

청년들은 사방으로 퍼져 여인들의 시체를 모으기 시작했고, 사십 대 남자는 마른 나뭇가지를 모아 불을 지필 준비를 했다.

시간이 흐르고, 태양이 서서히 하늘 위로 올라오기 시작했다. 공기가 후끈 달아오르며 양기가 가득 찼다.

사십 대 남자는 나무를 정리하면서 한두 번씩 피월려가 있는 곳을 바라보았다. 의심의 눈초리로 때로는 주시하고, 때로는 힐끗힐끗하며 그곳을 경계했다.

"사숙, 여인들을 다 모았습니다. 불을 지필까요?"

"아니, 잠깐만 기다려라."

사십 대 남자는 그렇게 말한 뒤 검을 뽑았다. 반투명하게 빛나는 검신은 얼마나 손질이 잘되어 있는지 말해주고 있었다. 이십 대 청년들도 심상치 않음을 느끼고 검을 뽑아 그의 뒤에 바짝 붙었다.

"무슨 일이십니까, 사숙?"

사십 대 남자는 대답하지 않았다. 대신 피월려가 숨은 곳에 검을 겨누면서 큰 소리로 외쳤다.

"더 이상 숨어봤자 의미가 없소. 모습을 드러내시오."

조용했다.

사십 대 남자는 다시 말했다.

"더 숨기려 하셔도 의미가 없소. 나는 마기를 느끼는 데 도가 튼 사람이오."

조용했다.

사십 대의 남자는 또다시 말했다.

"나오지 않는다면 불을 지피겠소. 조금 있다 봅시다."

"씨발."

욕설 하나가 어디선가 툭 튀어나오더니, 피를 뒤집어쓴 피월려가 한 시체 더미에서 기어 나왔다. 그는 극양혈마공을 억제하던 것을 멈추고 자연스럽게 마기가 흘러 나가도록 했다.

파아아—

소리는 들리지 않았지만, 들렸다고 착각할 정도로 피월려의 마기가 존재감을 드러내며 사방으로 퍼졌다. 피월려는 답답한 기분에서 벗어났지만, 태원이가의 사람들은 되레 답답함을 느끼기 시작했다.

사십 대 남자는 눈을 날카롭게 떴다.

"지마급인 것 같은데……. 누구시오?"

"천마신교의 마인, 피월려라 한다."

"들어본 적이 없소."

"없겠지. 내 이름이 소문날 만한 일은 한 적이 없어."

"그대가 이 일을 한 것이오?"

"그 전에, 자기소개는 안 해?"

"내 이름은 이성이오."

"이성? 멸마신검 이성?"

"그렇소."

"똥 밟았군……."

똥이 아니라 폭탄을 밟았다고 해도 부족했다.

멸마신검 이성은 태원이가의 인물로서 젊을 때 마인을 처단하는 것으로 유명세를 얻어, 가문에 은거하고도 그 이름이 아직까지도 중원에 널리 퍼져 있었다. 피월려가 이름을 듣는 즉시 별호를 떠올릴 수 있을 정도로 유명했다. 태원이가에서는 최근에 그가 절정고수의 반열에 올랐다고 공표했었는데, 아직 그것이 검증되지는 않았다.

그것이 사실이 아니라 해도, 그는 마인을 상대하는 데 있어 도가 튼 사람이다. 피월려로서는 까다로울 수밖에 없었다.

피월려가 혀를 차는 사이, 이십 대 청년 하나가 갑자기 끼어들었다. 얼굴이 붉으락푸르락한 것이 단단히 화가 난 듯 보였다.

"네 이놈! 이름도 없는 하찮은 마졸 주제에 감히 사숙에게 반말을 지껄이는 것이냐! 나이도 나와 비슷해 보이는데 버르장머리가 없구나!"

"그래? 그러면 넌 뭔데? 별호라도 있나?"

"난 호수검 이세우다!"

"호수검? 들어본 적이 없는데. 태원이가에서 그냥 붙여준 거 아니야? 백도세가들이 뭐 그렇지."

"뭐라고!"

"실력이 없으면 입 다물고 있어라. 난 지금 네 사숙과 이야기하고 있으니."

"이! 이……!"

"왜? 공격하려고? 좋아. 일대일로 승부하지. 어때?"

"좋다! 마졸 따위가 감히 태원이가를 무시하다니! 네놈을 기필코 처단하리라."

이세우는 검을 추켜들고 갑자기 달려들었다. 이성은 보법으로 그를 따라잡아 어깨를 잡아맸다. 그러자 이세우는 이성을 확 돌아보며 외쳤다.

"사숙!"

"흔한 도발이다. 넘어가지 말거라."

"그렇다 한들 상관없습니다. 저따위 마졸은 제가 홀로 상대할 수 있습니다."

"저자는 지마급이다. 네가……."

청년은 얼굴을 팍 일그러뜨렸다.

"제가 상대하지 못한다고요? 정령 그리 생각하시는 겁니까?"

"그런 뜻이 아니다. 단지……."

이세우는 보법을 전개하면서 이성의 손길을 뿌리쳤다. 이성은 걱정이 되면서도 차마 이세우의 발걸음을 멈추게 하진 못했다.

지금 이세우의 발걸음을 멈추는 것이 그에게 얼마나 치명적인 독이 될지 잘 알기 때문이었다.

단지 마인과의 싸움에서 죽지 않고 많은 깨달음을 얻기를 바랄 수밖에 없었다.

그런데 그런 바람 덕분인지, 피월려가 이세우의 검세에 허무하게 밀리기 시작했다.

자신감을 얻는 이세우는 더욱더 공격적인 검세를 펼치면서 피월려를 압박했는데, 빈틈을 함부로 보이지 않는 안정성도 갖추고 있었다.

피월려의 검에는 마기가 잔뜩 실려 있었으나, 태원이가 특유의 보법을 밟는 이세우의 몸을 한 번도 맞추지 못했다. 이세우는 그의 검을 막아낼 필요성조차 느끼지 못하고 모두 그냥 피해 버린 것이다.

이는 고수가 하수를 상대할 때 흔히 나오는 광경이었다. 이성은 들뜬 마음을 진정시키면서 그의 뒤에 선 청년들에게 말했다.

"잘 봐두어라. 저것이 실전이다. 네 사형의 검세를 보며 너희도 익힐 수 있는 것이 많을 것이다."

이성 뒤에 선 세 명의 청년은 모두 고개를 끄덕이고는, 이세우와 피월려의 싸움을 주시했다. 백도의 성격상 생사혈전을 많이 경험할 수 없었기 때문에 이참에 많은 것을 배우고자 함이었다.

반각이 흘렀을까? 피월려는 더 이상 안 되겠다고 생각했는지, 거친 검기를 뿌리고는 달아나기 시작했다.

숲속으로 내달리는데, 그 발걸음은 무림인의 것이라 생각하기 힘들 정도로 투박했다.

이세우는 비웃음을 숨기지 않으면서 단숨에 그에게 따라붙어 검을 놀렸다.

피월려는 검을 간발의 차이로 피해냈는데, 이세우가 피월려의 검을 피하는 모습과는 완전히 달랐다. 옷이 넝마가 되고 이곳저곳에서 실핏줄기가 터져 나왔다.

이세우는 피월려를 농락하는 듯 보였다. 언제든지 죽일 수 있지만 좀 더 데리고 놀고 싶은 것이었다.

이성은 이세우가 아직 완성하지 못한 검공을 펼치는 것을 보고는 놀라 소리쳤다.

"실전에선 완성된 검공만 펼쳐야 한다!"

하지만 피월려는 그 완성되지 못한 검공조차 제대로 감당하지 못하는 듯했다.

이세우는 이성의 말을 무시하면서 계속해서 실험적인 검공을 펼쳐 나갔고, 피월려는 그조차도 당해내지 못하면서 계속해서 뒷걸음질 쳤다. 피월려는 곧 숲까지 왔고, 그는 얼른 숲 안쪽으로 도망쳤다.

이세우는 이성을 뒤돌아보며 말했다.

"별거 아닙니다. 제가 마무리하고 오겠습니다."

이세우는 곧 피월려의 뒤를 쫓아 숲속으로 들어섰다.

이성은 그 모습을 보며 고개를 도리도리 흔들었다.

"그 기운은 지마급이었어, 분명히. 이건 함정이다."

이성은 뒤에 선 세 명의 청년에게 잠시 기다리라고 손짓한

후에, 서둘러 이세우의 뒤를 좇았다. 이 장 간격으로 보이는 발자국은 태원이가 보법의 흔적을 그대로 보여주고 있어 추적하는 것이 어렵지 않았다.

쉬이익!

이성은 순간 위에서 들린 바람 소리에 보법을 멈추고 되레 뒤로 뛰었다.

쿵!

양손으로 검을 아래로 잡은 피월려가 이성이 있었던 곳에 떨어졌고, 역화검이 땅 아래로 반 이상 박혀 들어갔다.

위를 보지도 않고 피한 것이 천만다행이었다. 무엇이 떨어지는지 확인하려 했다면, 반응하기에 너무 늦었을 것이다.

이성은 전신의 내공을 일으키면서 피월려가 일부러 약한 척했다는 것을 확신했다.

그가 뭐라고 말하려는 찰나, 피월려의 몸이 붕 뜨면서 공중에서 한 바퀴 회전했다. 그러자 땅에 박힌 그의 검이 자연스럽게 뽑혔는데, 너무나 부드러워서 마치 물속에서 꺼내는 것 같았다.

"신검합일!"

이성은 놀라 소리쳤으나 피월려는 아랑곳하지 않았다.

피월려의 발이 살포시 땅을 짚는 순간, 그의 몸이 폭사되듯 이성에게 날아왔다.

이성은 검에 내력을 불어넣으면서 방어적인 자세를 취했다.

챙—!

두 검이 부딪쳤고, 그 속에 담긴 두 내력 또한 같이 충돌했다.

마치 벽과 같은 반발력을 피월려와 이성 둘 다 동시에 느끼면서 서로의 역량에 감탄했다. 내공의 양이나 육체의 힘은 엇비슷했다.

하지만 피월려는 달려왔었고 이성은 멈춰 있었다. 이성은 어쩔 수 없이 뒤로 한 발자국 물러났는데 피월려가 그것을 놓칠 리 없었다.

피월려는 쉴 틈 없이 검을 휘두르며 한번 잡은 공격권을 내주지 않았다.

이성도 철저하게 방어적인 검세로 일관하며 피월려의 검을 모두 막아내었다. 비등한 실력이니만큼 팽팽하게 싸움이 이어졌다.

"사숙!"

멀리 갔던 이세우가 피월려와 이성의 대치 상태를 보고는 크게 소리쳤다.

이성은 이세우의 상태를 확인하기 위해서 순간적으로 눈길을 돌려 이세우를 보았다. 무인의 본능으로 보려 하지 않았지만 어릴 때부터 돌봐왔던 이세우를 걱정하는 마음을 이길 수 없었다.

이성의 눈동자가 이세우에 초점을 맞췄다. 이세우의 몸은 깨끗했다. 피월려는 그를 그냥 지나쳐 보내고 이성을 기다린 것이다.

그때였다.

…….

소리는 없었다.

이성은 둘로 쪼개진 세상을 봤다.

사실은 이 세상이 아니라, 그의 눈동자가 둘로 쪼개진 것이다.

그의 머리와 함께.

피슈슛!

뇌수와 피가 사방으로 퍼졌다. 두개골이 깨끗하게 잘린 이성의 몸은 허물어지듯 쓰러졌다.

"맹공격당하는 와중에 눈길을 돌려? 죽고 싶어 환장했군."

냉소가 담긴 차가운 목소리로 중얼거린 피월려는 마기를 몰아 이세우에게 폭사시켰다.

사숙의 죽음과 마기의 공포가 한 번에 몰아닥치자 이세우는 잠시 잠깐 정신을 놓을 수밖에 없었다.

그 잠시 잠깐은 피월려가 그를 죽이는 데 충분하고도 남는 시간이었다.

"크어억!"

심장을 관통한 역화검은 마기를 잔뜩 머금고 있었다. 피월려는 수월하게 역화검을 위로 올리면서 베었고, 미끄러지듯 이세우의 상체를 두 동강 내었다.

핏물이 폭포처럼 뿜어졌다.

피월려는 즉시 마기를 다리로 돌려 야랑채로 내달렸다. 그곳에서 사형과 사숙을 기다리는 세 명의 청년 고수가 눈에 들어오자마자 넓게 검을 휘두르며 검기를 쏘았다.

두세 그루의 나무를 토막 내고 날아간 검기는 세 명의 청년 중 두 명의 몸을 훑고 지나갔다. 우연하게 살아남은 마지막 한 명이 너무 놀라 검을 떨어뜨리면서, 검기가 날아온 방향으로 덜덜 떨리는 눈길을 돌렸다.

피월려는 이미 도착했다.

"아악! 악……."

그 사내는 꿰뚫린 심장을 내려다보며 믿을 수 없다는 듯이 양손을 뻗었다. 그러기를 잠깐, 곧 피월려에게 기대듯 쓰러졌다. 피월려는 귀찮다는 듯이 시체를 옆으로 치우고는 역화검을 뽑았다.

"하아, 하아."

검에 내력을 주입하고 싸웠고 후에 검기를 몇 번 쏜 것뿐이지만, 내력이 바닥을 드러내고 있었다. 기의 균형을 완벽히 잡지 못해 생긴 마찰로 내력이 소모된 것이다. 검에서 몸으로, 몸에서 검으로 움직이는 내력의 흐름이 너무나도 거칠다. 검공이 없는 그로서는 무형검의 완성을 위해서 언젠간 반드시 해결해야 하는 문제이다.

그는 몸속의 극양혈마공을 진정시키면서 태양을 향해 고개를 서서히 돌렸다.

"슬슬 위험하군. 의도치 않게 또다시 마공을 사용해 버렸어."

뜨거운 햇빛이 피월려를 밝게 비췄으나, 피월려의 얼굴은 점점 어두워지기만 했다.

*　　*　　*

지부에 도착한 피월려는 먼저 박소을을 만나 야랑채 사건에 대해서 보고했다.

박소을은 저번처럼 책을 읽으면서 피월려에게 시선조차 주지 않았다.

피월려는 박소을이 가도무와 태원이가의 일에 대해서 들을 때도 태연하게 책을 읽을 수 있을까 궁금해하며 이야기를 진행시켰다.

곧 피월려의 입에서 가도무와 태원이가란 단어가 언급되기 시작했다.

그러나 박소을은 피월려의 예상을 깨고 어떤 반응도 보여주지 않았다. 단지 한 가지 다른 점이라면, 책장이 넘어가는 시간이 상당이 길어졌다는 것뿐이었다.

묵묵히 이야기를 청종하던 박소을은 한참을 침묵으로 일관하다가 물었다.

"가도무가 그대를 죽이지 않은 이유가 뭐였소?"

피월려는 솔직하게 대답했다.

"그는 제가 재미있다고 했습니다."

"재미?"

"제가 볼 땐 제 극양혈마공을 뜻하는 것 같았습니다. 동일한 문제를 안고 있으니 해결 방안을 찾기 위해서라도 저를 살려둔 것 같습니다."

박소을은 잠시 말을 하지 않았다. 그는 책장을 두 번 넘기고 나서야 입을 열었다.

"그렇군. 그러면 살수는 도주한 것이오?"

"예."

"임무는 실패했군."

"죄송합니다."

"징계는 내리지 않겠소. 가도무가 그 자리에 있었다면 나라도 힘들었을 것이오. 살아 돌아온 것만으로도 다행이오."

전혀 신경 쓰지 않는다는 속뜻을 굳이 숨기지 않는 말투였다.

이제는 익숙해질 대로 익숙해진 피월려도 별로 마음이 상하지 않았다. 그가 뒷말을 덧붙이기 전까지는.

"만약 피 대원이 살아 돌아오지 않았다면 이 정보를 알게 되는 데 하루 이상 걸렸을 것이오. 살아와 줘서 일찍 정보를 알게 되었으니 그나마 낫군."

"……."

"문제는 가도무가 빙정을 찾는다는 것인데. 정녕 사천당문에서 그것을 가져갔다는 것이오?"

피월려는 빙정에 관해서 아는 것이 없었다. 천마신교에서 그것을 무엇에 활용할지도 모르고 호사일이 왜 그것을 빼돌렸는지도 모른다. 때문에 그는 호사일이 사천당문에 빙정을 빼돌렸다는 것과 가도무가 그 행방을 물었다는 사실을 쉽게 이야기했었다.

그런데 박소을의 반응을 보니 보통 심각한 일이 아닌 듯싶었다.

비장의 무기가 될 좋은 패 하나를 놓친 셈이지만 이제 와서 거짓을 말할 순 없었다.

피월려는 사실대로 말했다.

"호사일은 그렇게 말했습니다. 말씀드린 것처럼 가도무가 그를 죽이기 직전에 그 행방을 물었습니다."

"왜 가도무가 행방을 찾으려 한다고 생각하시오?"

"호사일이 말하기 전에 죽어서 확언을 드리긴 어렵습니다만……. 가도무의 무공은 양기가 강력하니 빙정의 음기로 음양의 부조화를 해결하려는 것이 아니겠습니까?"

"그것은 나도 충분히 생각할 수 있소. 나는 다른 시각을 원하오."

"글쎄요. 전 그것 외의 다른 이유를 생각하기 힘듭니다."

"알겠소. 그럼 그 사건은 이렇게 마무리하도록 하고……. 피대원에게 바로 내릴 명령이 하나 더 있소. 전의 임무에 대해서 포상을 내리기 전에 연속적으로 명을 내릴 수밖에 없음을 이해하시오."

이것은 의외다.

천마신교가 아무리 바쁘게 돌아간다 한들, 임무를 겹쳐서 주는 정도는 아니었다. 지부에 귀환하자마자 임무를 내린다는 것은 그가 전 임무에 성공하든 말든 또 다른 일이 터졌다는 것이다.

피월려는 그 일이 궁금해졌다.

"무슨 일입니까?"

박소을이 말하기 직전, 그의 눈빛에 미안함이 떠올랐다. 그에게서 미안함이란 감정을 도저히 상상조차 할 수 없었던 피월려는 묘한 위험 신호를 느꼈다.

박소을이 뜸을 들이며 말을 시작했다.

"이건 피 대원의 생명과 관계된 것이기 때문에 딱히 명이라고도 할 수 없소. 그러니 명령을 수행하는 과정은 순수하게 피 대원에게 맡기겠소."

피월려는 생명이라는 말에서 즉시 눈치챘다.

"진 소저에게 무슨 일이 생긴 겁니까?"

박소을은 느릿하게 고개를 두어 번 끄덕였다.

"그렇소."

"무슨 일입니까?"

"그녀는 혼사 문제를 조율하기 위해서 최근 황룡무가에 자주 방문했었소. 그녀의 미색과 천음지체라는 최상의 몸은 많은 무림세가, 심지어 관에서도 탐을 냈으니 말이오. 갑자기 황룡무가가 봉문하는 바람에 모두 거품이 되었었는데, 그 전에 이미 혼사품을 보낸 곳이 두 곳 있었소. 그중 하나가 사천당문이오."

피월려의 눈썹이 꿈틀거렸다.

"사천당문……."

"때문에 시시비비를 가리고자 사천당문에서 황룡무가에 사람을 보냈소. 진설린의 약혼자이자 사천당문의 소문주, 당환독이 비독견(備毒犬) 두 명을 직접 이끌고 왔소. 그런데 당환독의 동생이자 사천당문의 삼공자인 암룡 당사기가 포한루에서 어제 죽임을 당했소. 그 일은 잘 아시시라 믿소."

"……."

모를 리가 없다. 무영비주가 암룡을 죽이는 것을 바로 옆에서 봤다.

박소을이 말을 이었다.

"때문에 분노한 당환독이 무력으로 진설린을 납치한 후, 사천당문으로 귀환하고 있소. 당환독은 황룡무가의 지배 아래서 일어난 일임으로 황룡무가가 사건의 진상을 밝힐 때까지 진 소저를 데리고 있겠다고 했지만 다른 꿍꿍이가 있는 것이 틀림없소. 그들이 일단 사천에 도착하면 진 소저에게 무슨 짓을 할지 알 수 없소."

박소을이 말을 마치자, 피월려의 눈빛이 낮게 가라앉았다.

"그래서 제 생명이 위험하다는 말이군요."

"진 소저가 사천당문에 도착하기 전에 그녀를 탈환해야 하오."

"사천당문에서 가만히 있겠습니까?"

"사천당문의 멸문은 이미 정해진 수순이오. 비도혈문에게도 그리 약조했었고. 그들과 관계가 나빠지는 것은 상관없소. 허니 우리는 진 소저의 일만 신경 쓰면 되는데, 문제가 있소. 현재 지부의 인력이 부족하다는 것이오."

피월려는 이해하지 못했다.

"낙양지부에 인력이 부족하다는 것입니까? 현재는 소림파의 일로 소강상태 아닙니까?"

"진 소저의 육체를 탈환하기 위해서는 필연적으로 당환독과 비독견을 상대해야 하오. 그들은 독과 암기를 사용하는 자들인 만큼 하수에게 절대적으로 강하오. 인마를 보내봤자 떼죽음만 당할 것이오. 따라서 소수 정예로, 지마를 보내야 하오. 독에 대한 대처도 그것이 낫지."

"그 말씀은, 현 지부에 대기 상태인 지마급 고수가 없다는 말입니까?"

"피 대원과 무영비주뿐이오."

"소강상태인데도 불구하고 말입니까?"

"소강상태일수록 정예 대원은 더 바쁜 법이오. 소림파의 멸문 소식을 최대한 늦춰야 하니 말이오. 게다가 살막의 살수들이 도주에 성공했소. 태원이가가 알 정도면 이미 늦은 것 같지만 그래도 아직 처리해야 할 일이 산더미요. 사실 무영비주도 해야 할 임무가 있었으나, 사천당문을 상대하는 일인 만큼 이번 일로 편성된 것이오. 원래 계획은 피 대원 혼자였소."

"……."

"두 대원이 이 일을 해야 하오."

피월려는 혹시나 하는 마음에 물었다.

"당환독과 비독견의 실력이 어느 정도 됩니까?"

"표면상으로는 일류지만, 모두 절정이라 판단되오. 그러나 독을 쓰는 것을 생각하면 그들만으로도 초절정을 상대할 수 있소."

피월려는 속에서 뭔가 울컥하는 것을 느꼈다.

뻔뻔스럽다.

뻔뻔스럽기 그지없다.

피월려의 한쪽 입꼬리가 이상하게 비틀어졌다.

"큭큭큭. 왜요? 추살이라도 명하시지."

표정에도 말투에도 변화가 없는 박소을이 대답했다.

"다시 한번 내게 비아냥댔다가는 죽을 것이오."

"그럼 비아냥거리지 않고 말하겠습니다. 내 똥은 나보고 치우라면서 수뇌부의 똥까지도 내가 치워야 합니까? 지랄하지 마십시오."

"간이 부었군."

"가도무한테 살아남았더니 좀 붓더군요. 빌어먹을. 개처럼 부리다가 이젠 버리는 겁니까?"

"……."

"나와 무영비주 둘이서, 당문의 소문주와 비독견을 상대로 어찌 진 소저를 탈환하라는 말입니까? 초절정도 상대할 수 있다고 하셨습니다. 그런데 절정고수인 우리 둘이 어떻게 상대합니까? 더 이상 필요 없으니까 둘이 가서 죽으라는 거 아닙니까?"

"……."

"참 나. 개 같아서 원. 원래는 무영비주도 없이 나 홀로 명을 수행하게 하려 했다고요? 그러시겠죠. 전 진 소저가 없으면 며칠 내로 죽습니다. 그러니 진 소저를 탈환하라는 말도 안 되는 명을 내리는 것입니까? 이래 죽으나 저래 죽으나 본교에는 피해가 없을 테니까요."

"……."

"또한 제가 실패해도 어차피 진 소저야 사천당문을 멸문시킬 때 찾으면 그만이라 이거 아닙니까?"

"……."

"처음 여기 들어왔을 때 결국 버려질 거라 생각은 했습니다. 막상 이렇게 되니까 참으로 기분이 더럽군요."

"……."

"젠장."

"……."

"하……."

"……."

"하… 후……."

"……."

"후……"

"다 끝났소?"

피월려는 미친 듯이 머리를 흔들다가 양손으로 얼굴을 쓸어내렸다. 살가죽이 빨갛게 올랐다.

"실례했습니다, 죄송합니다."

"뭐, 그럴 수 있소. 이해하오."

조용하게 말을 끝낸 박소을은 작은 서랍을 열었다. 그리고 무언가 한참을 찾더니 피월려에게 줬다. 그것은 검지만 한 검은색의 둥그런 물건이었다.

그것을 받아 든 피월려가 궁금증이 담긴 표정으로 박소을을 보았다.

"지부장이 딱히 그대를 해치려고 마음먹은 것이 아니요. 단지 지금까지 그래왔던 것처럼 조금 위험한 교육 방법을 애용하는 것뿐이오. 그러나 이번만큼은 지나치다는 생각을 나도 했소. 그러니 개인적으로 도움을 주겠소."

"이것이 무엇입니까?"

"이십 년의 내공이 담긴 은보(闇寶)이오. 천년하수오와 공청석유를 조합해서 만든 것으로, 소유자에게 이십 년의 내력을 불어넣어 주오. 그 내력은 음기를 담고 있어 피 대원에겐 좋을 것이오. 또한 해독의 기운이 탁월하여 만독불침와 비슷하게 될 것이오. 당문의 칠소극독(七小劇毒)조차 침범하지 못하오."

은보는 영약과 비슷하지만 소모하지 않는다는 점에서 다르다.

가진 사람은 은보의 도움을 받아 내력을 더 많이 쓸 수 있게 되는 것이지, 본신 내력이 늘어나는 것이 아니기 때문이다. 하지만 이것은 단숨에 이십 년의 내공을 얻는다는 점에서 가히 보물 중의 보물이라 말할 수 있었다.

그뿐만이 아니다. 해독의 기운으로 만독불침과 같이 된다면, 이는 독에 면역성을 가지게 되며 무림인으로는 치명적인 약점을 보완할 수 있게 된다.

피월려는 놀란 마음을 진정시키며 물었다.

"이… 이 귀한 것을 제게 주시는 겁니까? 혹 전의 임무에 대한 포상입니까?"

"이건 포상과는 상관없는 것이오. 개인적인 선물이오. 하지만 조건이 있소."

그렇게 말하는 박소을의 눈빛에는 미묘한 그림자가 숨어 있었다. 피월려는 조심스럽게 물었다.

"그것이 무엇입니까?"

박소을은 미소를 머금으며 자리에서 일어났다.

*　　　*　　　*

천서휘는 끝까지 진설린을 호위하다가 독에 중독되어 기절했다고 한다.

그는 현재 지부에서 치료를 하고 있었는데, 피월려는 사건의 진상을 직접 듣기 위해서 그를 만나러 가는 길이었다. 진설린을 탈환하는 것은 시급을 요하는 일이지만, 독을 상대하기 위해서는 철저한 준비가 먼저였다.

따라서 피월려는 이제부터 상대해야 하는 당환독과 비독견에 대해서 생각해야 했다. 또한 진실린의 신변에 대해서도 생각해야 했다.

하지만 그의 머릿속은 온통 다른 생각으로 가득 차 있었다. 박소을과의 일이 진설린의 신변이나 사천당문의 독공보다도 더 신경을 붙잡았기 때문이다.

휑한 복도에서 갑자기 인기척이 느껴졌다. 피월려가 보니, 그곳에 주하가 나타나 있었다.

주하가 말했다.

"복도에서는 너무 깊은 근심을 하시면 안 됩니다."

"지금까지 깊은 생각하며 잘 다녔었는데, 갑자기 무슨 말이오 그게?"

"깊은 생각을 하는 것은 문제가 없습니다. 다만 불안해하는 마음은 치명적일 수 있습니다."

"내가 불안해한다는 말이오?"

"불규칙한 피 대원의 심장 소리가 여기까지 들립니다."

"……."

"무슨 일이십니까?"

피월려는 턱을 만지작하다가 곧 툭 하니 물었다.

"혈교(血教)란 무엇이오?"

가벼운 질문이었으나 주하의 반응은 극적이었다. 그녀의 표정은 좀처럼 보기 힘든 다양한 감정을 표현하고 있었는데, 그 중 놀람과 걱정이 가장 많았다.

"어, 어디서 들으신 거, 겁니까?"

말까지 더듬는다.

"여기저기서. 교주께서도 말씀하신 적 있소. 그런데 이리도 놀라는 것을 보면 혈교라는 게……."

주하는 갑자기 손을 뻗어 피월려의 입을 틀어막았다. 닿는 것을 절대로 용납하지 않는 주하의 성격에 익숙해졌던 탓에, 피월려는 설마 그녀가 손을 뻗어 입을 막으리라곤 생각하지 못했다.

주하는 불안한 눈빛으로 주변을 살피고는 곧 조용히 말했다.

"그 단어는 말씀하지 마십시오."

주하의 눈빛은 어느 때보다 진지했다. 피월려는 슬며시 그녀의 팔을 내리면서 차분히 물었다.

"말하지 말라? 그 정도로 심각한 것이오?"

주하는 고개를 살포시 끄덕였다.

"동시에 민감한 것입니다."

"설명해 주시겠소?"

주하는 침을 삼킨 뒤에 그에게서 떨어졌다. 그러고는 입을 열었는데, 말이 아닌 전음을 사용했다.

[혈교는 천마신교 내에 가장 불순한 세력입니다. 혈교와 연관된 자는 이유 불문하고 모두 처형이며 그것에 대해 거론하거나 기록을 남기는 행위 또한 엄벌에 처합니다.]

그 정도의 규제라면 대단히 심각한 것이 아닐 수 없었다.

피월려의 얼굴이 굳어졌다. 그는 서서히 걸음을 걷기 시작했다.

"그들이 하는 일이 무엇이기에 그렇소?"

[그들은 자기 자신들을 원칙론자로 표현합니다. 절대적인 무위만이 천마신교의 위아래를 정할 수 있다는 가장 기본적인 원리만을 숭배하는 자들이죠.]

"이상하군. 본 교가 원래 그런 것 아니오?"

[문제는 그것만 숭배한다는 것입니다. 천마신교가 천 년의 세월을 유지할 수 있었던 비결은 힘을 숭배한다는 기본적인 원리 아래에서, 인간의 사회이기 때문에 올 수밖에 없는 부조리를 비교적 유연하게 받아들이고 갖가지 해결책을 만들었기

때문입니다. 대표적인 예로 신물주의 역할을 들 수 있습니다. 교주께서는 가장 강력한 분이 되어야 하지만, 사람은 필히 약해지는 때가 있습니다. 그때를 노려 실상 더 약한 자가 교주가 돼버리면 곤란합니다. 또한 중요한 때에 명령을 거부하고 생사혈전을 신청해도 문제가 됩니다. 이와 같이 단순히 힘을 숭배한다는 기본적인 원리는 현실적으로 복잡한 체계를 필연적으로 낳게 됩니다. 그런데 그것을 모두 무시하는 것은 오히려 기본 논리에 반하는 것입니다.]

"즉, 질서를 무시하기 때문이란 것이오?"

[현실에 불만이 많은 독불장군들의 모임이라 보시면 됩니다.]

"겨우 그것 때문에 그리 과한 처사를 하는 것이 이해하기 어렵소만."

[그 사상은 매우 위험합니다. 천마신교의 근본을 흔들 수 있는 것입니다.]

"그러나 그것은 사상일 뿐이오. 그것으로 누구를 처벌할 순 없소."

[사상에서 그치면 말씀하신 것처럼 문제가 없습니다. 문제는 그들이 그들만의 교주를 따로 뽑는다는 것입니다.]

"그들만의 교주?"

[혈교주, 그들이 말하는 진정한 천마신교의 주인입니다. 현

천마신교의 교주를 인정하지 않는 그들이니만큼, 혈교 내에서 가장 강력한 자를 혈교주라 칭하고 진정한 교주로 섬깁니다.]

"정리하자면, 혈교는 천마신교 내부의 반역 세력이군."

[정확하게는 반교리적인 세력입니다. 성음청 교주님께서 교주의 자리에 등극하시고 유한 정책을 많이 펼치셨습니다. 중원 세력과의 마찰을 줄인다든가, 문인에게 힘을 실어준다든가 하는 평화적인 정책이 많았습니다. 이에 천마신교 전체의 힘은 크게 늘어났습니다만 이에 반대하는 이도 적지 않았습니다. 그 때문에 최근 혈교의 세력이 많이 불어났다고 합니다. 그것을 경계한 성음청 교주님께서는 혈교의 문제에 대해서는 일말의 자비도 베풀지 않으십니다.]

"그래서… 주 소저가 그리 염려하시는 것이오?"

[혈교에 관해 대화하는 것만으로도 위험합니다. 그 정도로 민감합니다.]

"젠장."

[왜 그러십니까? 아니, 애초에 왜 갑자기 혈교에 대해서 물어보신 겁니까?]

"아무것도 아니오. 교주께서 농하시는 것을 얼핏 들었는데, 문헌 어디에서도 찾아볼 수 없어서 그랬소."

[그들은 멀리해야 할 자들입니다. 궁금하셔도 더 이상은 묻지 않는 것이 바람직합니다.]

"알겠소."

그렇게 대답했지만, 피월려의 낯빛은 여전히 고민에 휩싸여 있었다. 주하는 뭐라고 한마디 더 하려 했지만 천서휘의 방이 눈앞에 보이자 관두었다.

피월려는 천서휘의 방에 들어섰고, 그곳에서 뜻밖의 인물들을 보았다.

먼저 천서휘는 어두침침한 얼굴로 반쯤 눈을 감고 피곤한 듯 침상에 누워 있었다. 그의 옆에는 미내로가 그를 걱정스러운 눈빛으로 내려다보며 앉아 있었고, 맞은편에는 혈적현이 서 있었다.

당연히 있어야 할 서린지는 없었다. 그녀의 독특한 향기도 남아 있지 않은 것을 보면 오래전 이곳에서 나갔거나 아예 찾아오지도 않는 듯했다.

피월려는 혈적현이 사람들 앞에서는 본명을 쓰지 말라고 당부했던 것을 기억하며 그를 불렀다.

"무영비주? 여기 웬일이지?"

혈적현이 대답했다.

"지부 내에서 사천당문의 독에 대해 가장 잘 아는 사람은 나다. 여기 미내로 대주의 부탁으로 치료를 위해 잠시 방문한 것이다."

미내로는 뛰어난 마법사로서 피월려의 상처를 몇 번이나 치료해 준 전적이 있었다.

처음에는 중독된 독도 단번에 해독했었다. 그런 그녀가 무영비주에게 도와달라고 부탁을 했다면 천서휘를 해독하지 못한 것이 분명하다.

피월려는 미내로의 마법으로도 해독하지 못하는 사천당문의 독이 무엇인지 상상하기 힘들었다.

"무슨 독에 중독된 건데?"

혈적현은 힘없이 겨우 눈을 깜박이는 천서휘에게서 고개를 돌리며 말했다.

"사천당문에는 삼대극독이 있다. 삼대암기로도 분류되는 비독지경(飛毒支境), 당하면 칠 보를 걷기 전에 죽는다는 칠보사망(七步死亡). 그리고 천 공자가 중독된 분혼탕육(焚魂湯肉). 분혼탕육은 중독된 사람을 죽이지 않는 점에서 특이하다. 이에 중독되면 몸과 마음이 엉망이 돼서 체력과 지혜가 보통 사람의 십 분의 일로 낮아진다. 해독할 수 있는 건 오로지 사천당문뿐이며, 이런 점 때문에 삼대극독에 분류된 것이다."

"천마신교가 두렵긴 한가 보군. 죽이지 않은 것을 보면."

"그건 아닐 거야. 단지 사천이 아닌 지역에서 공개적으로 누굴 죽이고 싶지 않아서 그랬을 거야. 혹 새로운 명은 받았나?"

"어."

"그럼 나와 함께 움직여야 한다는 것도 알겠군."

"그 전에, 천서휘와 할 말이 있어."

"한시가 급한 일이야."

"알아."

"밖에서 기다리지."

무영비주는 미내로에게 인사하고는 곧 밖으로 나갔다. 피월려는 미내로에게 포권을 취하며 말했다.

"대주님, 천 공자에게 차도가 있겠습니까?"

미내로는 느리게 고개를 흔들었다.

"아니, 내가 아는 모든 해독 마법이 통하지 않는다."

목소리는 낮았다. 그녀는 진심으로 천서휘를 걱정하는 듯 보였다.

피월려는 부러진 팔다리도 순식간에 갖다 붙이는 미내로의 마법이 모두 실패했다는 것을 믿을 수 없었다.

"정말로 단 하나도 차도를 보인 것이 없습니까?"

"그렇다. 이는 내 마법이 휘아의 몸속에 든 독을 인식하지 못한다는 뜻이지. 마법의 문제가 아니라 독을 구분하는 인식의 문제가 있다. 스펠(Spell)을 다시 짜야 하는데, 네가 내 식견을 넓히는 데 좀 도움을 줬으면 하는구나."

"물론입니다. 말씀하시지요."

"전에 네가 프레임(Frame)에 대해서 물었던 것을 기억하느냐?"

"그것이 무엇입니까?"

"찰나(刹那) 말이다."

"아, 찰나가 실존한다는 그 이야기 말입니까?"

"그래. 그것에 대해서 네 의견을 좀 듣고 싶구나."

피월려는 차마 즉시 대답할 수 없었다. 그가 아는 찰나에 대한 사상은 모두 용안심공을 기반을 하고 있어, 미내로에게 그것을 말하는 것은 용안심공의 구결을 해석해 주는 것과 다름없었기 때문이다.

그는 조심스럽게 물었다.

"그것과 천서휘의 독을 해독하는 것이 무슨 상관이 있습니까?"

미내로는 늙은 손으로 천서휘의 젖은 머릿결을 쓸어내렸다.

"현재 나는 휘아의 육체와, 휘아의 몸속에 침투한 독을 구분할 방법이 없다. 아까 무영비주가 말하길 이것이 생독(生毒)이라 그렇다는데, 이런 종류의 독이 있다는 것조차도 믿기지 않는다. 내가 그것을 믿지 못하는 이상, 내 마법은 그 생독이라는 것을 구분할 수 없다. 그래서 조금 극단적인 해결책을 생각했다."

"그것이 무엇입니까?"

"생독과 휘아, 이 둘을 모두 죽이고 휘아의 육체만 다시 되돌리는 것이다."

피월려는 순간 귀를 의심했다.

"예?"

"둘 다 살아 있어 구분할 수 없다. 하지만 둘 다 죽는다면 시체를 다루는 나는 휘아의 몸을 독으로부터 구분할 수 있다. 그 뒤에 그의 죽음을 되돌리면 된다."

"마법은 죽은 자를 살릴 수 있습니까?"

"아니. 내가 언제 부활을 말했느냐. 내가 말한 것은 죽음을 되돌리는 것뿐이다."

"이해가 가질 않습니다."

"시간의 가장 작은 단위인 찰나 안에는 사건의 전후가 존재하지 않는다. 단지 사건이 동시다발적으로 이뤄져 철저한 논리에 의해서 결과가 주어질 뿐이다. 따라서 그 찰나 속에서는 사람이 죽고 살아나는 것과 계속해서 살아 있는 것이 동일한 사건이 된다. 나는 찰나 안에 휘아를 죽이는 마법과 휘아의 육체를 찾는 마법, 그리고 휘아를 살리는 마법, 이렇게 세 가지를 동시에 발현할 생각이다. 이는 휘아를 제외하고 생독만 죽이는 마법과 동일한 결과를 가져올 것이다."

"그것이 가능합니까?"

"시간을 멈추면 그만인데, 왜 불가능하다고 생각하느냐?"

피월려는 어안이 벙벙해졌다.

"마치 시간을 멈추는 건 가능한 것처럼 들립니다만."

"가능하지. 어려울 뿐이다. 때문에 여기에 네 도움이 필요한 것이다. 의식이 찰나에서부터 자유로워지는 황홀경(恍惚境)을 이용하여 시간을 멈추는 스펠을 짜고 싶다. 그래야만 이 중원의 기운과도 조화를 이룰 수 있어."

"용안에서 말하는 황홀경은 조금 다릅니다만."

"상관없다. 어찌 됐든 같은 결과가 주어지면 그만이다."

피월려는 별로 내키기 않았다. 하지만 몇 번이나 생명을 구해주고 까다로운 부탁을 항상 들어주던 미내로의 청을 거절할 순 없었다.

"알겠습니다. 최선을 다해서 답변해 드리겠습니다."

"일단 그 심공이 말하는 찰나의 정의에 대해서 듣고 싶다. 또한……."

미내로는 한동안 시간에 관한 심도 높은 질문을 퍼부었고, 피월려는 용안심공의 깨달음으로 모두 답변해 주었다.

미내로가 만족하기까지 한 식경이 흘렀다. 그녀는 대뜸 오래 걸릴 것이라 말하고는 눈을 감고 중얼거리며 마법을 시전하기 시작했다. 대화 상대가 사라진 피월려는 자연스레 천서휘를 보았다.

천서휘는 피월려와 눈을 마주치곤 입술을 벌리고 힘겹게 말했다.

"그것이 용안심공인가?"

극도로 건조한 목소리였다. 피월려는 그에게 가까이 다가

갔다.

"내 심공에 대해서 다 들었나?"

천서휘는 슬쩍 웃었다. 그러나 그것조차도 힘들어 보였다.

"하나도 이해하지 못했으니 걱정하지 마라."

"알아."

천서휘는 웃음을 거두고는 눈을 감으며 말했다.

"병문안을 온 것 같지는 않고. 나를 추궁하러 온 것이냐? 진 소저를 지키지 못했다고?"

"어. 근데 꼴이 이래서야 뭐."

"측은한가?"

"미내로 대주께서 마법을 시전하시면 완치될 텐데 측은은 무슨. 어떻게 당한 거야?"

"모른다. 싸움이 시작되기도 전에 몸이 말을 듣지 않았다. 그들은 내게 경고하더니 진 소저를 데리고 갔다."

"뭐라 말했는데?"

"추적하면 진 소저를 죽인다고 했다."

"헛소리군. 지들도 필요하니까 데려간 거잖아."

"아……."

천서휘는 낭패한 표정을 지었다. 피월려는 눈살을 찌푸렸다.

"그것도 눈치채지 못했나?"

"몸만큼 정신도 말이 아니야."

"그래, 그래 보인다."

"……."

"몸조리 잘해."

피월려가 나가려고 하자 천서휘가 갈라진 목소리로 그를 불렀다.

"피월려."

"왜?"

"한 가지… 이상한 점이 있었다."

"뭐지?"

천서휘는 잠시 뜸을 들였다.

"진 소저는 별로 반항하지 않았다."

"뭐라고?"

"순순히 그들의 인도를 따르더군. 약혼자인 당환독과도 이미 아는 사이 같았고……."

허무함이 담긴 눈빛이었다. 피월려는 툭 하니 내뱉듯 말했다.

"네가 당해서 자포자기한 것이겠지."

"그래, 그랬으면 좋겠군."

"너……."

피월려는 뒷말을 흐렸고, 천서휘는 시선을 고정한 채로 말했다.

마치 피월려가 무슨 말을 하려 했는지 아는 것 같았다.

"아니다."

"……."

"내겐 지 매가 있다. 이상한 생각은 하지 말았으면 하는군."

"애정이란 스스로 통제할 수 있는 것이 아니야."

"네놈이 진 소저랑 똑같은 말을 할 줄은 몰랐군."

"린 매가 그리 말했나?"

천서휘는 입술을 다물었다. 더는 대화하고 싶지 않다는 뜻이다.

피월려는 빤히 그를 보다가 곧 방문을 나섰다.

*　　*　　*

밖에는 혈적현이 복도에 등을 기대고 서 있었다.

그가 말했다.

"오래 걸렸군. 우리는 매우 서둘러야 한다."

"알아. 미안하군."

"됐다. 어서 가지."

혈적현은 먼저 걸음을 걸었고, 피월려는 그의 뒤를 쫓았다.

"벌써 길을 아는 건가?"

"원리만 알면 쉽더군."

"그런가."

"왜? 넌 처음에 좀 헤맸나 보지?"

"죽을 고비도 넘겼지."

"큭큭큭."

"말이 나온 김에 소개하지. 내가 길을 못 찾을 때 항상 도움을 주던 소저야. 주 소저, 잠깐 나와보시오."

피월려의 말에 주하는 그들 앞에 갑자기 나타났고, 혈적현은 감탄하며 그녀를 아래위로 훑어보았다.

"전혀 눈치채지 못했어. 대단하군."

주하는 포권을 취했다.

"주하라 합니다."

"나는 무영비주이오. 장거주의 집에서 볼 때는 통성명을 하지 못했지 않소? 오늘 이렇게 하게 되는구려."

"비도혈문의 인물과 함께 일하게 되어 영광입니다."

"영광? 천마신교의 살수가?"

"그냥 하는 말입니다."

"……."

할 말을 잃어버린 혈적현을 놔두고, 주하가 피월려에게 물었다.

"피 대원. 무영비주와 함께 임무를 수행하시는 겁니까?"

"그렇소. 명을 알지 못하시오?"

"정확하게는 모릅니다만."

"현재, 사천당문의 소문주가 진 소저를 납치하여 사천으로 귀환 중이오. 우리는 그와 비독견 둘을 척살함과 동시에 진 소저의 신변을 탈환해야 하오."

"비독견이라면… 살수보다 독과 암기에 능한 자들이 아닙니까? 그 두 명을 무영비주와 피 대원께서 상대해야 하는 겁니까?"

혈적현은 자신만만한 표정을 지으며 말했다.

"소저께서 모르시나 본데, 비도혈문은 지금까지 수많은 비독견을 죽여왔소. 월려의 도움을 받는다면 충분히 해낼 수 있는 일이오."

"하지만 피 대원께서는 그리 생각하지 않으시는 것 같습니다. 그렇지 않습니까, 피 대원?"

주하가 피월려에게 시선을 돌리자, 피월려는 잠시 말이 없었다.

그 모습을 본 혈적현이 피월려의 팔을 툭툭 쳤다.

"뭐야? 정말이냐?"

피월려는 혈적현의 질문을 무시한 채 주하에게 눈을 맞췄다.

"주 소저. 사천당문의 강력한 점은 독공과 암공에 있소. 살수인 무영비주와 주 소저, 그리고 용안심공이 있는 나에게 암공은 무용지물이오. 문제는 독공인데, 무영비주는 그들과 오랜 시간 싸워온 경험이 있고 나는 박 대주께서 직접 지급하신 보은이 있소. 이것을 지니고 있으면 독에 중독되지 않소. 하지만 주 소저는 다르오. 그들의 독공은 주 소저에게 치명적으로 작용할 것이오. 천 공자도 버티지 못한 것이오."

주하의 눈초리가 급격하게 날카로워졌다.

"또다시 저를 배척하려 하십니까?"

"그것이 아니오."

"최근 들어 피 대원께서 저를 피하시는 것 같았습니다만, 이제 보니 정말로 그러시는 것 같습니다. 제가 불편하십니까?"

"불편하지 않소."

"그럼 왜 저를 배척하십니까? 이번이 벌써 세 번째입니다."

"그것이 아니오. 그저 독공에 취약할 수 있기 때문에……."

"제 무공을 믿지 못하시는 것입니까? 제가 방해가 될 것 같습니까?"

주하는 자존심에 상처를 입었는지 절대로 물러날 것 같지 않았다. 피월려는 곤란함을 감추지 못했다.

사실 독공은 핑계다.

피월려는 주하와 함께 행동하다가 가도무를 만나면 귀찮게 될 것을 염려하여 그녀의 동행을 허락하고 싶지 않았다. 뿐만 아니라 무영비주와 속 시원한 대화를 할 수도 없을 것이다.

피월려는 명령으로 그녀를 지부에 남으라고 할 수 있었지만, 그렇게 했다가는 그녀와 돌이킬 수 없는 관계가 될 가능성이 컸다.

피월려가 결정을 내리지 못하자 옆에 있던 혈적현이 품속에서 무언가를 꺼냈다.

피월려는 그것이 그가 객잔에서 암룡을 죽일 때 씹던 것과 같은 것임을 기억했다.

"주 소저라 했소? 이것을 받으시오."

주하는 의심이 가득한 눈빛으로 그것을 바라보며 중얼거렸다.

"이건, 전에 객잔에서 암룡을 상대하실 때 입에 물고 계셨던 것과 같은 것이 아닙니까?"

혈적현이 고개를 끄덕였다.

"비도혈문은 사천당문의 삼대극독을 상대하기 위해서 수많은 노력을 해왔소. 오직 하나만 결실이 있었는데, 이것이 바로 삼대극독 중 하나인 비독지경을 해독한 것이오."

주하는 잠시 머뭇거렸지만, 피월려를 따라가고 싶은 마음을 이기지 못하고 양손으로 받았다.

"감사합니다."

"비도혈문엔 많은 것이니 마음 쓰지 않으셔도 되오. 피월려, 독에 관한 대처법은 내가 모두 알려줄 테니 주 소저를 데려가자. 그게 훨씬 도움이 될 거야. 이참에 천마신교의 살수와 함께 일해보고 싶군."

혈적현이 이렇게까지 말하니 주하를 데려가지 못할 명분이 사라졌다.

피월려는 찜찜했지만 허락하지 않을 수 없었다.

"그럼 주 소저도 동행하시오. 다만 지부를 나설 때까지 무영비주의 말을 같이 경청하도록 합시다."

"알겠습니다."

주하는 고개를 끄덕이곤 피월려의 옆에 섰다. 그러자 혈적현은 짧게 생각한 뒤, 사천당문의 독에 관해서 설명하기 시작했다.

"처음에는 사천당문의 삼대극독에 대해서 설명하지. 삼대극독은 가장 오래된 독임과 동시에 가장 유명하고 또한 가장 자주 쓰는 독인데도 불구하고 항상 최상의 효과를 보장하는… 그런 수준으로 지금까지 살아남은 독 세 개다. 첫째는 칠보사망으로, 남만에서 서식하는 칠보사(七步蛇)라는 뱀의 독을 정제하여 만든 독이다. 이름을 들으면 알겠지만, 그 칠보사에게 물리면 일곱 걸음을 걷기도 전에 죽는다. 재밌는 점은 칠보사의 독은 너무나 강력하기 때문에, 칠보사의 독니에서 생성되자마자 공기로 기화해 버린다. 따라서 지금까지 그 누구도 보관할 수 없었는데, 사천당문에서는 그것을 보관할 뿐만 아니라 더욱더 독하게 정제하기까지 이르렀다."

피월려는 놀라 되물었다.

"그렇다면 더 빨리 죽는다는 말이야?"

"아니, 독이 스며드는 시간 자체는 빠르게 할 수 없었다. 그건 독의 특성이 아니라 인간의 신체 문제니까. 다만 치사량을 획기적으로 줄일 수는 있었다. 그들이 정제한 칠보사의 독, 즉 칠보사망은 치사량은 삼 할류(割溜)다."

"할류?"

"액체의 극소량을 재는 단위다. 일 할류는 눈물의 십분지 일이지."

"그러면 칠보사망은 눈물의 십분지 삼으로 사람을 죽인다는 말이야?"

"어."

"……."

"약점은 체내에 깊숙이 침투해야 한다는 점이다. 따라서 몸을 꿰뚫는 침(針) 종류의 암기에 가장 효과적이지. 사천당문의 암기 중 침으로 되어 있는 건 단 하나만 허용해도 칠보사망에 의해서 죽는다."

"비침(飛針)을 모두 피하는 건 불가능해."

"비침이 아니라 침이다. 칠보사망은 공기 중에 닿으면 즉시 증발한다. 철에 닿아도 독성이 사라져. 오로지 그들의 특수한 침만이 칠보사망을 온전히 담을 수 있다. 그 외에는 걱정할 필요 없어."

"그럼 가까이 다가와야 하는군."

"그렇다. 침으로 공격할 수 있는 짧은 거리를 절대 내주지 마라."

"그건 해독제가 없어?"

"칠 보를 걷기 전에 죽는데 해독이고 뭐고 무슨 소용이겠어?"

"그렇군……."

"두 번째는 분혼탕육. 천 공자가 당한 독이다. 이것은 식독(食毒)이니 먹지 않으면 효과가 없다. 따라서 음식과 물만 조심하면 걸릴 일이 없으니 전투 중에는 신경 쓰지 않아도 된다. 알려진 해독제는 없다."

"좋아, 세 번째는?"

"비경지독. 그때 객잔에서 봐서 다들 알 것이다. 그것은 발경한 내력에 독을 담는 기술로, 검기나 권풍 등에 모두 사용 가능하다. 용독술(用毒術)의 한계를 뛰어넘은 용독술로 자신이 원하는 독을 원거리에서 하독(下毒)하는 것이다. 삼대극독 중 가장 까다로운 것인데, 비도혈문에서 이를 상대하기 위해 내력 위에 덧입혀진 독을 그대로 흡수하는 신물을 하나 발견했다. 이것은 지지(地祉)라는 것으로 이것을 입에 물고 있으면 비경지독으로부터 완전히 자유로울 수 있다. 체내에 흡수되기 전에 먼저 독기를 빨아먹지."

"그럼 모든 독에 면역이 생기는 건가?"

"그것은 아니다. 오로지 비경지독으로부터 몸을 보호할 뿐이야. 정상적인 하독으로는 얼마든지 사천당문의 독에 중독될 수 있다."

"그럼 삼대극독 말고도 더 들어야 할 것이 많겠군."

"삼대극독은 당문의 가장 강력한 독이지, 그 외에 다른 독이 없다고는 말한 적 없다."

피월려는 턱을 쓸며 중얼거렸다.

"그렇겠지. 초절정도 감당할 수 있을 정도라니……. 사용하는 독이 적어도 수백 개는 되지 않을까?"

혈적현은 고개를 흔들었다.

"그 정도는 아니다. 본래 독이라는 것은 모두 내력으로 태워 버릴 수 있다. 하지만 어떤 독은 그 근본을 독에 두고 있지 않기 때문에 내력으로도 태우지 못한다. 사천당문은 그런 독을 극독(劇毒)이라 칭하는데, 그것을 또 삼대극독과 칠소극독으로 분류한다. 그러니 일곱 개만 더 알면 돼."

피월려의 얼굴에 갑자기 화색이 돌았다.

“아? 그런가? 그럼 난 알 필요 없군.”

“왜?”

“일대주께서 하사하신 은보가 칠소극독까지 면역이 된다 했거든. 그러니 주 소저만 들으면 될 거 같은데?”

옆에서 조용히 말을 듣던 주하가 혈적현을 바라보며 물었다.

“혹 칠소극독에 고독(蠱毒)과 미혼산(迷魂散)이 포함되어 있습니까?”

혈전혁은 고개를 끄덕였다.

“그렇소. 혹 칠소극독을 아시오?”

“예. 본 교에서 살수를 교육할 때 팔독(八毒)을 가르칩니다. 지금 보니, 칠소극독에 칠보사망이 포함된 것이 팔독인 것 같군요.”

“그래도 한번 맞춰보는 것이 좋겠소.”

“고독, 미혼산, 몽환약(夢幻藥), 군자산(君子散), 화골산(化骨散), 장독(瘴毒), 학령초(鶴靈草), 그리고 칠보사망이 팔독입니다.”

“흐음……. 산공독(散功毒)은 없소?”

“없습니다. 역혈지체는 산공독에 면역이기 때문에 독으로 작용하지 않습니다.”

“아하, 그렇군. 칠소극독에는 학령초 대신 산공독이 있소.

그런데 학령초… 이거 실존하는 독이었소? 오래전 전 중원에 멸종하여 기록에만 있다고 들었는데."

"천마신교에는 있습니다만."

"그렇군……. 아마, 학령초라면 사천당문의 인물들도 속수무책으로 당할 것이오."

"지부에 남아 있는 것이 있는지 한번 확인해 보겠습니다."

"서두르시길 바라겠소. 아마 남문으로 향할 테니 그쪽에서 우리를 찾으시오."

"남문이요?"

사천당문이 있는 사천은 하남에서 서쪽에 위치해 있다. 주하가 의문을 품고 묻자 혈적현이 대답했다.

"나도 급하게 들은지라, 이유는 모르겠소."

"알겠습니다. 그럼 마조대에도 들러 정확한 정보를 확인하고 오겠습니다."

그렇게 말한 주하가 몸을 숨겼다.

반각 정도가 흐르고 주하가 사라졌다고 생각한 피월려는 혈적현에게 물었다.

"갔겠지?"

혈적현은 주위를 둘러보며 조용히 대답했다.

"아마도. 하지만 확인할 방법이 없으니."

"그럼 조심히 하도록 하지. 임무가 끝날 때까지."

"왜, 뭔가 할 말 있나?"

"나중에."

"……."

그들은 묘한 침묵을 고수하며 남쪽으로 향했다.

제사십장(第四十章)

피월려와 혈적현이 남쪽 외부 입구로 나가기도 전에, 주하가 먼저 그들을 따라잡았다.

제이대는 지부 내의 진법을 훤히 꿰뚫고 있는지라 다른 누구보다도 신속하게 움직일 수 있었기 때문이다. 그녀는 마조대에 들러 정확한 정보를 가져왔는데, 학령초는 남아 있는 것이 없어 가져오지 못했다. 그들은 외부 입구로 나와 각각 말을 탔다. 그리고 꾸준히 남쪽으로 달렸다.

이대로 소림파가 있는 숭산에 도착하지 않을까 했지만 중간 지점에 물줄기가 나와 그곳에 멈췄다. 그 물줄기는 낙양성을 가로지르는 낙하강과 비슷한 넓이를 가지고 있었는데, 낙하강보다 물줄기가 느리고 깊이가 얕아 체력만 받쳐준다면 수영만으로도 충분히 건널 수 있었다.

하지만 건너지 않았다.

"이 물을 거슬러 올라가면 낙녕(洛寧)이 나옵니다. 그 뒤 섬서의 남쪽 물길을 통해서 사천으로 가게 됩니다."

사천당문은 백도와 흑도 중간에 위치해 있는 문파다. 하지만 우스운 점은, 백도에서는 그들을 백도라 말하고 흑도에서는 그들을 흑도라 말한다.

그것은 그들의 특이한 가법 때문에 생긴 현상으로, 그들이 스스로를 백도나 흑도로 분류하지 않는 것도 한몫했다. 누군가 그들에게 정체성에 대해서 묻는다면 그들은 단지 그들의 가법을 말할 뿐이다.

이흑환흑 이백환백(以黑還黑 以白還白).

눈에는 눈, 이에는 이라는 의미를 가진 이안환안 이아환아(以眼還眼 以牙還牙)에서 딴 문장으로, 흑은 흑으로 백은 백으로 되갚는다는 말이다.

사천당문의 인물은 중인들에게 자기들의 정체를 드러낼 때 꼭 이 말을 크게 외치는데, 이 때문에 사천에서는 이 말의 무게가 태산만큼이나 무겁다.

사천당문은 가법에 의해서 흑도를 상대할 때는 흑도의 모습으로, 백도를 상대할 때는 백도의 모습을 한다. 몰래 숨은 뒤 독으로 살수처럼 암습할 때도 있고, 정중한 말로 초식명을 말한 뒤 암기로 협객처럼 공격할 때도 있다. 확실히 구파일방과 다른 오대세가가 사천당문을 백도로 규명하는 데 애를 먹은 것은 사실이다.

백도에서 도움을 청할 때나 행사를 할 때면 언제나 백도의 명문세가로 당당히 참여하는 데 반해, 사천성 내에서 흑도를 상대할 때 보여주는 잔혹한 모습은 절대로 백도로 생각할 수 없었기 때문이다. 하지만 그들이 사천성 말고는 세력을 확장할 생각조차 하지 않는다는 점과 사천성 내에 있는 아미파와 청성파에게 정중한 태도로 일관한다는 점, 이 두 가지를 이유로 그들은 당당히 오대세가에 이름을 올리게 되었다.

이 뜻은 만약 사천당문이 사천성 외의 지역에 욕심을 내거나 아미파와 청성파를 아래로 취급한다면 언제든지 흑도로 규정될 수 있다는 것이다.

주하가 말을 이었다.

"사천당문은 세력 확장에 욕심이 없다는 것을 표명하기 위해서라도, 사천성 외의 지역에서 조용하게 움직여야 합니다. 하지만 그와 동시에 자신의 행적을 낱낱이 밝혀야 합니다. 세력 확장이 목적이 아니라는 것을 명백하게 하지 않으면 그들에게 크나큰 이득을 가져다주는 오대세가의 이름을 박탈당할 수 있기 때문입니다."

주하는 지도를 펼쳐놓고 섬서성에 위치한 종남파와 화산파를 가리켰다. 그러자 혈적현이 물었다.

"따라서, 그들은 종남파와 화산파의 영역을 최대한 돌아가기 위해서 남쪽 물길을 선택한 것이란 말이오?"

"그렇게 보입니다. 그뿐만이 아니라 매우 느린 물길을 택함으로 그들의 위치를 의도적으로 공개하고 있습니다. 그것이 아니라면 반대로 흐르는 강을 억지로 거슬러 올라갈 필요가 없습니다. 굳이 배를 탄 이유도 배 밖으로 나가지 않겠다는 의사를 밝히는 것으로 보입니다."

피월려는 고개를 갸웃했다.

"추적당하는 마당에 그렇게 여유를 부린다는 말이오?"

"사천에 본가가 위치한 그들은 하남성의 사정에 어두울 것입니다. 가뜩이나 패쇄적인 그들은 사천성 외의 정보는 모두 외부에 의존하며, 그마저도 관심을 잘 두지 않습니다. 그들은 아마 천마신교가 황룡무가에 개입했다는 사실을 모를 겁니다. 따라서 황룡검주의 자살로 인해 가세가 기운 황룡무가가 그들을 추적할 만한 인원이 없다고 판단했겠지요."

"그들은 어리석은 자들이 아니요. 진 소저를 호위하던 천공자가 천마신교의 마인인 것을… 아니, 하다못해 마인인 것을 알지 못했겠소?"

"천 공자께서는 독에 중독되어 무공 한번 펼치지 못하셨다고 들었습니다. 아마 마교의 개입까지 예상하지는 못했을 겁니다."

"흠……. 그럼 당환독과 비독견은 우리가 그들을 추적하고 있다는 사실을 모른다는 것이오?"

"예."

혈전혁은 허리를 꼿꼿이 펴며 하품을 했다. 예상한 것보다 일이 싱겁게 흘러가서 긴장이 풀린 것이다.

"그렇다면 누워서 떡 먹기지. 그러면 배를 내릴 만한 곳에 함정을 파고 기다리자. 독과 암기를 상대할 땐 역기습이 최고야."

피월려는 그 생각에 백번 동의했지만, 안타깝게도 그럴 수 없었다.

"미안하지만, 조건이 있어."

"뭔데?"

"적어도 내일 아침 해가 떠오르기 전까지는 진 소저를 탈환해야 해."

"시간이 촉박하군, 왜지?"

"그게 내가 익힌 무공이……."

주하가 갑자기 큰 소리를 내며 피월려의 말을 막았다.

"피 대원!"

그녀는 눈썹을 모으고 피월려를 보았다. 의문과 놀람이 반

반 섞여 있는 눈빛이었다. 피월려는 그녀에게 살포시 미소를 지으며 대답했다.

"그는 내 친우이오. 말해도 되오."

"하지만!"

"괜찮소. 나는 그를 믿소."

피월려가 담담한 표정으로 다시 입을 열려고 하자, 혈적현이 먼저 말을 꺼냈다.

"말하기 어려운 것이라면 굳이 말하지 않아도 된다."

피월려는 고개를 저었다.

"아니, 상관없다. 친우라면 숨길 수 없지."

"……."

"내가 익힌 마공은 극양혈마공이다. 알다시피 양에 치우친 마공이지. 때문에 지속적으로 여인과의 음양합일을 하지 않으면 음양의 불균형으로 죽음에 이르게 된다. 지금은 상황이 복잡해져서 진 소저가 아니면 내 양기를 해결할 수 없다."

주하는 염려스러웠지만, 혈적현은 이미 그 사실을 알고 있었다.

그가 말했다.

"그 이야기는 진아에게 들었다. 그런데 정해진 기간이 있는지는 몰랐군."

"하루다. 최대한은 삼 일이고. 이 이상은 위험해."

"……."

피월려의 말을 들은 혈적현의 표정이 다소 심각해졌다.

그는 주먹으로 입을 가리고 있다가 이내 중얼거리듯 말했다.

"그거, 심각한 약점이군. 나보다 더해."

"나?"

혈적현은 어깨를 들썩이고는 중얼거렸다.

"내가 익힌 귀섭마공은 동자공이거든. 순양지기를 바탕으로 음기를 쌓는 특이한 마공이지."

동자공은 단 한 번도 여인과 교합을 하지 않는 남자의 순양지기를 이용한 내공이다.

따라서 이후에 여인과 교합할 경우 내공을 모두 잃어버리는 것은 물론, 평생을 무기력하게 살아가게 된다. 때문에 동자공을 익힌 무림인은 무공을 완전히 잃어버릴 수 있는 치명적인 약점을 안고 살아야 한다.

피월려는 왜 비도혈문이 망해가는 지 확실히 이해할 수 있었다.

가문의 비전내공이 동자공임과 동시에 부작용이 심한 마공이니, 자손을 잘 남길 수가 없는 것이 당연지사다.

피월려는 경악했다.

"정말인가? 그게 동자공이라고? 내가 외웠던 주음포귀마공은 동자공이 아니던데?"

혈적현은 대수롭지 않게 말했다.

"네가 제대로 이해하지 못한 것이지. 순양지기(純陽之氣)와 지음기(地陰氣)를 화합한 것이 귀섭마공에서 말하는 귀기(鬼氣)의 정의다."

"그런……. 아니, 그보다 그런 취약점을 그냥 말해도 돼?"

"흥! 귀섭마공의 근본이 주음마공이라는 것이 밝혀진 이상, 그것이 동자공이라는 것은 어느 마교인이라도 쉽게 알 수 있는 사실이야."

"……."

"사천당문도 이미 안다. 그럼에도 우리는 지금껏 살아남았지. 그리고 그 약점은 오히려 우리를 강하게 만들었다."

"크……. 큭큭큭."

"왜 웃어?"

"아니, 그냥. 나랑 같은 나이에 네놈 정도로 고수라면 뭐를 포기했어도 한참 포기했겠지 생각했었거든. 그런데 그게……. 큭큭큭. 너 진짜 여자랑 한 번도?"

피월려가 웃음 섞인 질문을 끝마치기 전에 주하가 갑자기 크게 기침했다.

의도적인 기침이었다.

"크— 흠! 피 대원. 친우가 생긴 것은 축하드립니다만, 지금은 한시가 바쁜 상황입니다."

피월려는 머쓱해졌다.

"아, 미안하오. 그럼 탈환 계획을 논하도록 합시다."

"그 전에 우선 그들을 따라잡아야 합니다. 그들이 탄 배를 눈으로 보면서 계획을 짜는 것이 더 효과적일 것입니다."

피월려는 고개를 끄덕였다.

"동의하오. 그들이 얼마나 멀리 있소?"

"그들이 낙양을 떠난 것은 오늘 아침, 대략 두세 시진 전입니다. 따라서 쉬지 않고 달린다면 적어도 네 시진 안에 그들을 따라잡을 것입니다."

혈적현은 고개를 들어 태양의 위치를 가늠했다.

"네 시진 이후라면, 해가 떨어지고도 한두 시진 후가 되겠군. 밤에는 시야가 별로 좋지 않을 텐데."

주하는 옆에 세워둔 말로 걸어가며 대답했다.

"어쩔 수 없습니다. 내력으로 안력을 돋워 시야를 확보해야 할 것입니다."

피월려와 혈적현 역시 그녀를 따라 말 위에 탑승했다. 피월려는 관자놀이에 손을 짚으면서 심각한 표정을 지었는데 이를 본 주하가 나지막하게 물었다.

"괜찮으십니까? 벌써 삼 일째 아닙니까?"

"박 대주께서 도움을 주셔서 아마 오늘까지는 괜찮을 것이오."

"오늘 밤에 가급적이면 내공을 사용하지 마시길 바랍니다."

"일이 그렇게 돌아가진 않을 것 같소만……. 너무 걱정하지 마시오. 내 알아서 잘하도록 하겠소."

피월려는 그렇게 말하며 미소를 지었지만, 불안한 마음을 완전히 숨기지 못했다.

그를 걱정스러운 눈으로 바라보던 주하는 혈적현이 그녀를 앞서 나가자 말을 몰아 뒤따라가기 시작했다. 그녀의 뒤로 피월려의 얼굴에서 희미하게나마 남은 웃음기가 완전히 증발했다.

두 시진 후, 하늘이 빨갛게 물들고 나서야 그들은 배 한 척이 강가에 정박해 있는 것을 볼 수 있었다.

피월려는 주하가 적어도 세 시진이라고 말한 이상, 그 배는 당환독과는 무관한 배라고 단정하고는 눈길을 돌렸다. 그러나 주하는 말의 속도를 서서히 낮추며 손을 뻗어 멈추라고 지시했다.

"이상합니다. 이 시간에 정박해 있다니."

피월려는 그 배를 가리키며 물었다.

"설마 저 배가 우리가 쫓는 배인 것이오?"

주하는 고개를 끄덕였다.

"그렇습니다."

"하지만 따라잡기 위해서는 적어도 세 시진은 걸린다고 하지 않았소?"

"배가 정박하지 않고 계속 강을 거슬러 올라갈 줄 알았습니다만……. 그들이 여기서 멈춘 이유를 모르겠습니다."

혈적현은 눈초리를 모으고 그 배를 자세히 관찰했다.

갑판에는 아무도 없었다. 사람들은 전부 선실에 있는 듯 보였다.

그가 말했다.

"시간상 적어도 한 시진에서 반 시진 전에 정박했으니, 함정을 파놨을 수도 있소."

주하가 질문했다.

"왜 그렇게 생각하십니까? 단순히 밤을 피하고 싶은 것일 수도 있지 않겠습니까? 사천 지방은 내륙이니 사천 출신의 당환독은 물 위에서 잠을 청하고 싶지 않았을 것입니다. 따라서 배를 정박해 두고 배 안에서 잠을 청하고 있을 수도 있습니다."

혈적현은 고개를 돌렸다.

"내륙이라고 해도 사천에 물이 없지는 않소. 단순히 그런 이유로 정박했다고 보긴 어렵소. 내가 볼 땐 우리가 추적하는 것을 눈치챈 것 같소만."

주하는 단호하게 말했다.

"그럴 일은 절대 없습니다. 그들을 추적하는 일은 오늘 결정되자마자 시행된 일입니다. 그것도 모두 비밀리에 정해진 것입니다. 그들이 우리의 추적을 예상할 순 없었을 겁니다. 그리고 그렇다 한들 그들이 정박할 이유는 없습니다. 오히려 더 빨리 움직였어야 할 것입니다."

"아니요. 추적을 알았다면 그들은 필히 정박하고 우리를 기다렸을 것이오. 비도혈문은 사천당문과 오십 년을 싸웠소. 그들의 장기 중 하나인 독은 준비하는 시간이 길면 길수록 효과가 극대화되는 것이오. 자리를 잡고 싸우는 데 도가 튼 자들이니 추적자를 오히려 기다렸다 함정에 빠뜨리는 수법을 자주 사용하오."

주하는 말을 더 하지 않았지만, 혈적현의 말에 동의하지 않는 듯 보였다. 그녀는 피월려에게 질문을 던졌다.

"피 대원께서는 어떻게 보십니까? 그들이 우리를 기다리는 것 같습니까? 아니면 그저 밤을 지새우기 위해서 정박한 것 같습니까?"

주하는 공격하길 원하고, 혈적현은 공격하지 않기를 원한다.

피월려는 머리를 긁적였다.

"둘 다 아니라고 보오. 그냥 배를 떠난 거 아니겠소?"

"예?"

"여기서 낙녕까지 얼마나 걸리오?"

주하는 대충 머릿속으로 지도를 가늠하며 대답했다.

"대략 오십 리 정도 떨어져 있군요."

"그럼 배를 버려두고 낙녕으로 간 것이 아니겠소?"

주하가 대답하기 전에 혈적현이 먼저 말을 가로챘다.

"낙녕은 버림받은 도시다. 낙양의 성세가 커지면서 구 할 이상의 주민이 이주했지. 지금은 노인과 어린아이들밖에 없고, 그마저도 숫자가 줄어들고 있다. 태수도 없고 군병도 없지. 그런 곳에 그들이 들를 이유는 없다."

피월려는 혈적현의 말을 듣고 초점 없는 시선으로 땅을 보며 깊은 생각에 빠졌다.

"그럼 정박한 이유는 두 가지 중 하나겠군. 우리가 추적하고 있다는 사실을 눈치채고 함정을 판 것과 단순히 밤을 잘 보내기 위한 것."

혈적현과 주하가 동시에 고개를 끄덕였다. 피월려는 이어서 주하에게 질문했다.

"저들이 우리의 추적을 절대로 모를 것이라 단언하는 이유는 무엇이오?"

주하는 설명했다.

"사천당문 고유의 정보 부대는 사천성을 넘지 않습니다. 천마신교의 손아래 있는 진 소저를 납치한 것만 봐도 하남성에 어둡다는 것을 알 수 있습니다. 그런 그들이 오늘 짜여지고 즉시 실행된 추적 계획을 안다? 그리고 그것에 맞추어 함정을 판다? 이는 어불성설입니다."

"무영비주, 넌 왜 그들이 우리 추적을 알았으리라 생각하지?"

"감이다."

"그뿐이야?"

"어."

혈적현의 눈빛은 확고했다. 논리적인 이유가 없는 것에 반해 너무나도 단단한 믿음이 있었다.

피월려는 혈적현의 생각에 손을 들어주고 싶어졌다. 오랜 세월 사천당문과 싸워온 경험이 있으니 그 경험을 바탕으로 날카로운 감이 형성되었을 것이다. 하지만 차갑게 머리를 식히고 생각하면 아무리 봐도 사천당문이 추적을 알아챌 가능성은 없었다.

피월려는 고민 끝에 나지막하게 말했다.

"미안하지만, 아무래도 주 소저의 말이 맞는 것 같아."

혈적현의 표정은 조금도 변하지 않았다.

"괜찮아. 어차피 안 믿어줄 거라 생각했어. 나도 솔직히 긴가민가하고. 그럼 오늘 밤에 기습하는 걸로 할까?"

"그러지. 만약 배 안에서 쉬고 있다면 지금만큼 좋은 기회는 없으니. 하지만 함정일 가능성도 완전히 배제할 순 없어. 철저한 준비를 하고 기습하도록 하자."

주하는 말에서 내리면서 말했다.

"물론입니다. 먼저 휴식을 충분히 취하고 해가 완전히 떨어지기를 기다려야 합니다."

피월려와 혈적현도 말에서 내려왔다. 그리고 정박한 배가 잘 보이는 곳에 자리를 잡았다. 자시가 되기까지 피월려는 쉬지 않고 운기조식을 했고 주하는 암기를 손봤으며, 혈적현은 단 한 순간도 정박된 배에서 시선을 거두지 않고 자세히 살폈다.

긴 호흡을 끝으로 운기조식을 마친 피월려가 눈을 떴다. 그의 앞에는 완전히 무장한 채 심신을 날카롭게 가다듬은 주하와 혈적현이 서 있었다.

그들은 완벽하게 전투준비를 하고 그가 일어나기를 기다린 듯 보였다.

"때가 됐군."

피월려가 자리에서 일어났다. 땀에 흥건히 젖은 옷이 무겁고 갑갑했는지, 그는 몇 번이나 허물을 벗기듯 옷을 손가락으로 잡아 올렸다.

혈적현이 그에게 말했다.

"몸 상태는 어때?"

피월려는 입술을 오므렸다.

"그냥 그래. 그래서 전방 후방은 정했어?"

계획은 간단했다.

피월려가 이목을 집중시킨 뒤에, 주하와 혈적현이 앞뒤에서 적을 암살하는 방법이었다.

혈적현과 주하는 누가 앞에 서는 것이 더 좋을지 살수들의 용어로 복잡하게 논의를 나누기 시작했고, 묘한 소외감을 느낀 피월려는 그 대화에 참여하기를 거부하고 운기조식을 시작했었다. 때문에 논의의 끝이 어떻게 됐는지는 알지 못했다.

그의 질문에 대한 답은 주하가 했다.

"전후가 아니라 원근(遠近)으로 나누기로 했습니다. 제가 원거리를 담당할 것입니다."

"주 소저가? 무영비가 있는 무영비주가 원거리를 담당하는 것이 더 효율적이지 않소?"

"그렇게 보이실 수 있습니다만, 이번 상황은 무야지성(無夜之聲)보다는 이지호성(已知呼聲)에 가까운 상황으로……."

피월려는 손을 내저었다.

"아, 그만. 복잡한 용어로 설명하시려거든 그만두시오. 하여간 난 미끼 역할만 잘하면 되는 거 아니겠소?"

"그렇습니다. 내공에 문제가 있으시니 피 대원께서 가급적이면 직접적인 전투를 하지 않는 쪽으로 의견을 모았습니다. 막기보다는 회피 위주로, 움직일 때는 단조롭게 부탁드리겠습니다.”

“알겠소.”

“그럼.”

주하의 몸이 사라졌다. 피월려는 그녀의 기운을 더는 느낄 수 없었지만, 그녀가 그의 주변에 있다고 믿었다.

“그럼 무운을 빌지. 은보가 있다 해도 사천당문의 독은 얕봐선 안 된다. 조심해.”

혈적현은 그렇게 한마디를 내뱉더니 역시 모습을 감추었다.

피월려는 마른침을 삼키고는 강가로 걸음을 옮겼다.

정박한 배에서 대략 반 리 정도 떨어진 곳에 도착한 그는 차가운 강물에 몸을 조심히 담갔다.

옷에 찌든 땀 냄새가 강물에 의해서 씻겨 나갔고, 하루 종일 달리며 온통 먼지투성이가 된 머리카락도 깨끗해졌다. 뼛속까지 시리는 강물은 정신을 번쩍 들게 만들었고, 뜨거웠던 극양혈마공마저 잠시나마 진정시킬 정도로 막대한 한기가 느껴졌다.

갑작스러운 온도의 변화에 심장이 미친 듯이 뛰기 시작했고, 쿵쾅거리는 가슴에서부터 극양혈마공의 마기가 온몸에 은은하게 퍼져 나갔다.

열기를 동반한 마기가 차가운 강물을 데웠고, 피월려가 지나가는 자리에 새하얀 김이 조심씩 피어났다. 강의 한기마저도 극양혈마공의 양기를 이길 수 없었던 탓이다. 시원한 느낌이 좋았던 피월려는 더 이상 차가움을 느낄 수 없게 되자 속으로 한숨을 푹 내쉬었다.

피월려는 미끈거리는 바닥을 박차고 조금씩 움직이기 시작했다.

물이 어깨까지밖에 오지 않는 깊이라 중심만 바로 잡으면 충분히 걸어갈 수 있었다. 그는 상체는 수영하듯 몸을 낮추었고, 하체는 꾸준히 걸으면서 점차 정박된 배에 가까이 다가가기 시작했다.

최대한 물소리를 내지 않으면서 배의 뒤편으로 걸어가는 통에 한 식경이라는 시간이 소요돼서야 원하는 지점에 도착할 수 있었다.

배가 정박한 곳은 나루터가 없는 허허벌판이었다. 때문에 물의 깊이가 적당한 곳에 닻을 내리고 있었는데, 옆쪽에 사다리처럼 만든 그물망이 넓게 펴져 있어, 그것을 통해 기어올라갈 수 있게 되어 있었다. 하지만 이대로 기어올라 갔다가는 갑판에서 즉시 발각당할 것이 뻔했다.

피월려는 숨을 깊이 들이마시고는 잠수했다. 그리고 물속에서 역화검을 잡고 내력을 주입시켰다.

물속이라 그런지 어색했지만, 예상보다 훨씬 수월하게 내력을 담을 수 있었다.

피월려의 내력을 잔뜩 머금은 역화검은 은은한 검은빛을 내뿜으며 위용을 자랑했다. 피월려는 있는 힘껏 검으로 배 바닥 한 부분을 찔렀다.

푹!

나무 재질인 곳이라 역화검이 부드럽게 들어갔다. 피월려는 검을 빼내고 물의 흐름을 잘 보았다. 아주 조금씩이지만, 물이 새어 들어가고 있었다.

피월려는 숨을 다시 쉬기 위해서 수면 위로 나왔다. 시원한 밤공기를 가득 폐에 담고는 다시 잠수하여 검으로 찌른 부분 바로 옆을 찔렀다. 그렇게 하기를 수십 번, 난도질당한 그 부분이 조금씩 들리기 시작하며 균열이 일어났다. 그 균열이 사람이 하나 들어갈 수 있을 만한 작은 구멍이 되었을 때, 피월려는 내력을 운용하여 그 부분을 밀면서 배 안으로 들어갔다.

"푸— 하."

소리를 내고 싶지 않았지만, 숨이 가쁜지라 어쩔 수 없었다. 피월려는 입을 재빨리 가리면서 주변을 훑었는데, 퀴퀴한 냄새만이 그를 반길 뿐 그곳에는 아무도 없었다.

피월려는 얼른 몸을 일으켜 완전히 배 안으로 들어왔다. 그러자 어디선가 갑자기 나타난 주하와 무영비주가 연속적으로 그 구멍을 통과했고, 배 안에 들어오자마자 순식간에 모습을 감추었다.

그 와중에 피월려는 주변을 살폈다. 그리고 지하에 쌓여 있는 여러 개의 자루를 확인했다.

희미한 그림자만 보이는 상황이라 맛과 냄새에 의존하는 수밖에 없었다. 그는 곧 쌀 같은 것으로 가득 차 있는 자루를 찾아 그것으로 구멍을 메우기 위해 안간힘을 썼다. 그러자 구멍으로 콸콸 쏟아지던 물의 속도가 상당히 줄어들었다. 그는 나무판자를 뜯어내서 그 사이사이에 넣어 고정시켰다. 물이 차오르는 것을 완전히 막을 수는 없었지만 이 정도면 상당한 시간을 벌 수 있을 것이다.

피월려는 이미 발목까지 차오른 물을 차내면서 재빠르게 움직여 주변 상황을 파악했다.

빛이 너무 적은 공간이라 전체적인 모습을 볼 수는 없었지만, 수많은 자루가 있다는 것을 알 수 있었다. 그 자루 속에는 쌀이나 밀 혹은 과일같이 먹는 음식이 대체로 많았다. 식량 창고인 것이다.

피월려는 손을 뻗어 천장을 짚었다. 그리고 하나하나 슬슬 밀어보면서 입구를 가늠했다. 그러다가 어느 한 부분에서 쇠로 된 문빗장 소리가 들렸다.

덜컹덜컹.

쇠장대인데 바닥이 열리는 바닥 문에 설치된 것이다. 피월려는 나무 사이로 역화검을 집어넣어, 쇠장대의 못을 살포시 벗겨냈다. 한 가지 다행인 점은 자물쇠로 잠겨 있지는 않았다는 점이다.

철컥.

조용한 배 안에서는 그 소리가 어떤 소리보다도 컸다. 심장이 덜컥하는 기분이었지만 아무리 기다려도 밖의 반응이 없자 피월려는 안심하고 그 문을 천천히 열었다.

끼이익.

다행히 배에는 물살에 흔들리면서 나무가 삐걱하는 소리가 잘 난다. 문이 열리는 소리와 구분할 수 없었다.

피월려는 살포시 고개만 내놓고 날카로운 안광으로 복도의 앞뒤를 살폈다.

어두컴컴한 복도를 군데군데 설치된 호롱불이 어렴풋이 밝혀주고 있었다. 천장은 꽤 높았지만, 세 사람이 나란히 걷기도 불편할 정도로 좁은 복도였다. 배 자체가 작다 보니 내부도 그만큼 작았다.

피월려는 신경이 팽팽하도록 긴장감을 돋우면서 그 복도로 완전히 빠져나왔다. 피월려는 역화검을 강하게 부여잡고, 극양혈마공을 억제하지 않고 넘치도록 내버려 뒀다. 그러자 그의 몸을 통해 사방으로 극양혈마공의 마기가 스며들기 시작했다.

위장에 탈이 나 몇 시진 동안 고생하다가 결국 소화가 된 것처럼, 속이 뻥 뚫린 듯 시원한 기분이 들었다. 몸 안에서 거칠게 돌아다니던 마기에게 출구를 만들어주었기 때문이다. 하지만 이 편안함은 잠시다. 출구를 찾은 마기가 점점 더 광포하게 변하면서 결국 그의 정신을 완전한 마기로 오염시킬 것이기 때문이다. 피월려는 언제라도 용안심공을 읊기 위한 준비를 하면서 걸음을 천천히 옮기기 시작했다.

저벅. 저벅. 저벅.

소리를 내지 않으려 해도 도저히 불가능했다. 마기에 의해서 강화된 근육이 그의 명령을 잘 수행해 내지 못했기 때문이다. 미세하게 떨리는 것이 그 힘을 폭파시키고 싶어 안달이나 있는데, 소리도 나지 않을 만큼 세밀하게 조종하는 것은 불가능했다. 하지만 어차피 피월려는 미끼 역할이니 좀 더 존재감을 드러내도 상관이 없었다. 때문에 그는 크게 염려하지 않고 진설린을 찾기 위해서 과감하게 움직이기 시작했다.

복도는 작은 방이 연속적으로 붙어 있었는데, 그가 확인한 모든 방이 비어 있었다.

사람의 흔적 자체가 없는 것이, 그 누구도 지낸 적이 없는 것 같았다. 먼지가 쌓여 있지 않다는 사실만 빼면 유령선이라고 해도 과언이 아니었다.

열 번째 방을 보고 나와 다시 복도를 걷는데 안쪽으로 붙어 있는 계단이 보였다. 계단은 나선형으로 위로 걸어 올라갈 수 있게 만들어졌다.

어둠에 익은 눈으로 자세히 보니 앞쪽에서 복도가 계단을 중심으로 빙 도는 형태로 되어 있었다. 즉, 배의 머리나 꼬리 쪽에 다다른 것이다. 몰래 침투한 곳과 연상해서 생각해 보면 그쪽이 뱃머리가 확실했다.

그렇다는 뜻은 이 계단으로 올라가면 갑판이 나온다는 것이다.

올라갈 것인가, 말 것인가. 피월려는 잠시 고민했다. 일단은 밖의 상황을 보는 것이 좋다. 하지만 아직 복도에 있는 방을 모두 확인한 것이 아니기 때문에, 만약 계단으로 올라가다 적을 만났을 경우 양쪽에서 몰릴 가능성이 컸다. 그렇게 되면 주하나 무영비주도 그를 보호하기 매우 힘들 것이다.

피월려는 계단을 뒤로한 채로 계속해서 복도를 걸었다. 보이는 방문을 하나하나 확인했다. 그런데 어느 순간부터 작은 바람 소리가 귓가에 머물렀다.

위이잉.

위이잉.

바람이 아니라 파리다. 피월려는 발걸음을 재촉하여 파리 소리가 들리는 방문으로 걸어갔다. 그러자 도저히 참을 수 없는 퀴퀴한 냄새가 콧속을 찔렀다. 피월려는 설마 하는 생각에 조심스럽게 방문을 열었고, 그곳에는 말로 표현할 수 없는 잔인한 광경이 기다리고 있었다.

"……."

열 명? 스무 명? 그 이상 되는 뱃사람이 처참한 몰골로 죽어 있었다.

피부의 색이 제각각이고 녹거나 찢어져 고약한 냄새를 풍기는 액체가 질질 흐르는 것이 모두 악독한 독에 중독되어 죽은 것이 분명했다.

당환독이 선원들을 모두 처리하여 한곳에 모아둔 것이다. 이는 피월려가 추적하고 있다는 사실을 미리 알고 함정을 파놓았을 가능성이 높다는 것을 말해주고 있었다.

그 외에 모든 방은 깨끗했다. 그는 곧 배 안을 한 바퀴 돌아, 그가 나왔던 식량 창고의 바닥 문 앞에 서게 되었다.

굳게 닫혀 있는 바닥문의 빗장이 잠겨 있다.

피월려는 등골에 소름이 돋는 듯했지만, 동시에 즐거움을 느꼈다.

"큭큭큭, 재밌군."

피월려는 거칠게 발걸음을 옮겼다. 힘이 가중된 다리로 마음껏 걸으니 조금 살맛 나는 듯했다.

쿵. 쿵. 쿵.

어린아이가 장난으로 발을 구르는 것 같았다. 하지만 이 소리는 피월려가 한 발씩 내디딜 때 나는 소리였다. 싸움을 두려워하지 않는 거침없는 광오한 소리였다. 적을 찾을 때까지 멈추지 않는 패도적인 소리였다.

그런데 그 걸음이 멈췄다.

"그르르, 그르르."

피월려는 워낙 뜻밖의 소리라 잠시 이해가 가질 않았다. 그러다가 곧 머릿속을 스치는 것이 있었다.

"비독견이라니… 진짜 개야?"

피월려의 질문에 대답이라도 하듯, 희미한 빛 아래 사람만큼 커다란 개 두 마리가 모습을 드러냈다.

"그르르, 그르르."

"크왕, 크왕."

그 개의 몸집은 야랑채에서 봤던 늑대와 비교해도 별 차이가 없을 것 같았다.

게다가 눈알이 시뻘겋게 충혈되고 입에 거품을 잔뜩 문 것이, 인간으로 보면 딱 단시월이 생각났다. 이리저리 눈동자를 돌리는 것하며 기이한 각도로 고개를 꺾어대는 것하며, 너무나 닮았다.

피월려는 웃어버렸다.

"큭큭큭. 개라니……. 개가 빗장을 잠갔을 리는 없고. 분명 주인이 있을 텐데."

그의 말이 끝나기 무섭게 두 명의 건장한 사내가 개 뒤에 나타났다.

비독견의 얼굴을 확인할 수는 없었지만, 윤곽을 통해서 그들이 중년 남자라는 것을 알 수 있었다.

"산공독, 고독, 미혼산까지. 아무리 적게 잡아도 이 세 개는 무조건 중독되어야 하는데 멀쩡하군."

오른쪽의 비독견이 그렇게 말하자 왼쪽의 비독견이 대답했다.

"자네 하독 솜씨가 녹슨 것이 아니고? 이런 애송이를 상대로 그렇게 많은 독을 낭비하고 말이야."

"그거야 실험한 거 아닌가, 실험. 이번에 새로 발명한 독이 과연 칠소극독과 함께 썼을 때 효과가 있는지 본 것뿐이야."

"쯧쯧쯧. 그런 귀찮은 짓 때문에 나까지 고생이지 않나?"

"이게 다 당가의 발전을 위한 길이니 그럴 수도 있지. 그나저나 저 애송이 말이야. 내 독은커녕 칠소극독에도 전혀 반응이 없어. 왜일까?"

"자네 하독 솜씨가 녹슨 거라니까. 내가 봤을 땐 독 중 단 하나도 제대로 하독된 것이 없을 뿐이야."

"아니야. 나는 확실히 하독했어. 저놈이 면역성을 가진 거라니까."

"마인인 것 같으니 많이 쳐줘서 온전한 역혈지체를 이뤘다고 하자. 그래서 산공독이 안 들었다고 쳐. 그럼에도 고독과 미혼산은 어쩔 건가? 고독 면역은 천분지일, 미혼산 면역은 만분지일의 확률이야. 그 둘을 합치면 천만분지 일이고. 인간을 전부 합해도 천만 명이 될까 모르겠군. 그런데 지금 우리 눈앞에 천만분지 일의 확률을 가진 사람이, 그것도 절정고수가 왔다고?"

"아, 글쎄 나는 확실히 하독했다니까."

"벌써 노망이 난 게군."

"뭐야? 이놈이 오냐오냐 하니까. 알았다. 네 눈앞에서 똑똑히 하독할 테니까 두고 봐라."

오른쪽의 남자는 눈길을 돌려 피월려를 보았다. 그러고는 손을 탁 하고 뻗어 그를 가리켰다.

"너! 말해라. 왜 중독되지 않는 것이냐?"

서로 죽여야 하는 입장이 확실한데도 대화를 시도하는 상대를 만나기는 참으로 오랜만이다.

스스로 자랑하기를 좋아하거나 남을 깎아내리길 좋아하는 사람은 천성이라 해도 부족할 만큼 하나같이 이런 식으로 말을 건다.

경험상 그런 놈들은 대부분 빛 좋은 개살구다. 피월려는 표정에 여유를 담으며 비아냥거렸다.

"대화할 시간에 독 하나라도 더 하독하겠소."

"성질이 급한 녀석이군. 그럼 네놈은 왜 공격하지 않느냐?"

"사천당문의 독인(毒人)에게 거리를 내줄 순 없소."

"오호. 이놈이 칠보사망을 아는군. 하긴 무영비주와 함께 행동하는 놈이니 당연히 알겠지."

어두운 공간이 아니었다면, 그들은 피월려의 눈썹이 꿈틀하는 것을 통해 그가 동요했다는 것을 알아냈을 것이다. 무영비주가 은신하면 피월려는 일말의 존재감도 느끼지 못하는데, 여기 서 있는 독인이 그것을 안다면 이는 피월려보다 강한 상대라는 간접적인 증거이기 때문이다.

그들의 목소리는 확고했다. 피월려는 거짓말을 하는 것이 전혀 소용이 없다고 느꼈다.

"비독견이니 무영비주에 대해서 잘 아시겠소?"

"알다마다. 내가 이 나이가 되도록 쳐죽인 무영비주가 열을 넘어간다. 그놈들은 사천당문의 제자 백을 넘게 죽였으니 죽어도 싸지."

"나와 함께 있는 무영비주는 그들과 다르오. 긴장하셔야 할 것이오."

피월려의 위협에 그 남자는 가소롭다는 듯이 웃었다.

"크하하. 네놈과 같이 있는 무영비주가 아무리 강력한 자라 할지라도 상관없다. 무영비주 한 명이 아무리 강력하다고 하나 절대 우리를 이길 수가 없다."

"어찌 그리 확신하는 게요?"

"바로 이놈들 때문이지. 가서 물어라!"

비독견이 명령을 내리자마자, 광견이 피월려에게 시선을 모았다. 피월려는 광견들이 즉시 달려들 줄 알았으나 실상은 달랐다. 거품이 잔뜩 일어나는 침을 질질 흘리면서 산보라도 하듯 느리게 걷기 시작한 것이다.

"크르르!"

"크왕! 크왕!"

개 소리 한번 크다.

광견들이 일 장 정도로 가까이 왔을 때, 피월려의 주위에 숨어 있던 혈적현이 두 무영비를 출수했다.

한 수에 두 비도를 쏘아 광견 두 마리를 모두 처치할 생각이었던 것이다. 하지만 그의 의도와는 전혀 다르게 상황이 흘러갔다.

와득! 와득!

소리도 없이 날아간 두 무영비를 마치 주인이 던진 개뼈다귀라도 되는 듯이 입으로 낚아챘다.

몸을 부드럽게 돌리면서 위로 떠오른 그 광견들은 그 전과 달리 도저히 광견이라 생각할 수 없어 보였다. 곡예단에서 전문적으로 양성한 개도 그들이 보여주는 묘기를 따라할 수 있을지 의문이었다.

"크르륵!"

"크릉!"

두 광견은 무영비를 입에 물고 잘근잘근 씹어댔다. 고개를 마구 흔들기도 하고, 바닥에 비비기도 했다. 하지만 내력을 담은 무영비에 조금도 상처를 낼 순 없었다. 오히려 광견들의 이빨이 부러지고 입이 찢어져야 정상이다. 그러나 그런 일도 없었다.

무영비주가 피월려의 옆에서 나타났다. 굳이 모습을 드러낼 필요가 있는지 물으려던 피월려는 그의 거친 숨을 듣고는 그에게 이상이 생겼다는 것을 알 수 있었다.

"왜 그래?"

무영비주가 한참 있다 겨우 대답했다.

"무영비는 내력 없이는 한없이 약한 것이다. 무영비에 지속적으로 내력을 담지 않으면 부러질 것이다. 그건 절대로 용납 못한다."

내력을 아끼기 위해서 은신술도 푼 것이다. 피월려는 일이 심각해졌다는 것을 느꼈다.

"얼마나 견딜 수 있지?"

"반각… 아님 그보다 더 짧아. 해독을 위해 내력을 돌려 쓸 수 없다. 가뜩이나 내공이 음기가 주된 것이라 적은 양으로는 독을 태울 수 없어. 난 이제 전면에 못 나선다."

"저 광견들……. 무영비주들을 위한 안배 같군."

"당문에서 새로 개발한 것이겠지. 아마 우리가 추적한다는 사실도 광견들이 무영비의 냄새를 맡아서 알게 된 것일 것이다. 미안하다. 내가 폐가 됐군."

"아니다. 개들한테나 신경 써. 우린 아직 패가 있으니까."

"……."

혈적현이 이렇게까지 말할 정도면 정말로 힘든 상황이라는 것을 알 수 있었다. 내력을 담은 무영비는 신물이다. 그것을 능히 입에 물고 제압할 수 있는 개라면 영물이라 해야 할 것이다. 다만 반쯤 미친 것을 보면 당문의 독으로 비정상적으로 만든 것일 터이다.

인위적인 영물. 당문의 공부가 어디까지 뻗어 있는지 가히 짐작도 하기 힘들다.

피월려는 품속에서 지지를 꺼내 입에 물었다. 그리고 역화검을 고쳐 잡았다. 그 모습을 본 왼쪽의 비독견이 말했다.

"오호? 이제 공격 좀 하려는가? 지지가 있으니 비경지독은 면역이지만… 칠보사망은 어찌할 길이 없을 텐데?"

"피하면 그만이오."

"비독견의 침을 너무 무시하는 거 아닌가?"

피월려는 슬며시 웃었다. 잘게 씹힌 지지가 그의 입속에서 보였다.

"무림에 왜 침공(針功)이 없는 줄 아시오?"

"……."

"침을 무기로 한 공부가 없었던 것은 아니요. 그저 모두 사장됐을 뿐이오. 이것은 침을 무기로 사용할 때 얼마나 비효율적인지 잘 말해주고 있소. 그나마 남아 있는 게 비침이오. 하지만 이도 비도의 하위 호환일 뿐이오. 따라서 침은 더 이상 중원에 쓰이지 않소."

"그거야 중원 이야기지. 하지만 당문의 독문무공에는 네가 상상할 수도 없이 위험한……."

"당문의 독이 무서운 것이지 침이 무서운 게 아니오. 칠보사망을 온전히 담기 위한 그릇이 침 말고도 있었다면, 진작 무공에서 침을 버렸을 것이오."

비독견의 얼굴에서 처음으로 여유가 사라졌다. 목소리도 한층 낮아졌다.

"그래서?"

"침 속에 담긴 칠보사망은 분명 무서운 것이오. 하지만 침을 다루는 무공 자체는 매우 낮은 수준일 수밖에 없소. 단 한 대라도 맞으면 죽을 수밖에 없다는 공포심. 그것을 완전히 잊을 수 있다면 아무리 비독견의 침이라고 할지라도 하류잡배의 무공에 지나지 않소."

피월려의 말이 끝나기 무섭게 비독견이 분개하며 성을 냈다.

"뭐라! 하류잡배! 감히 당문을 모독하다니!"

"친히 보여 드리겠소. 독 없는 당문은 쓰레기라는 사실을."

"이놈이!"

비독견들의 분노 어린 외침과 동시에 피월려는 천천히 뛰기 시작했다.

용안심공을 통해 칠보사망에 대한 공포심을 완전히 죽임과 동시에 극양혈마공을 일으키며 온몸에 마기를 주입했다. 전신의 핏줄이 우뚝우뚝 튀어나왔고 근육이 꿈틀거렸으며, 뼈가 새로이 자리를 잡았다.

본능적인 공포를 불러일으키는 마기가 스멀스멀 피어나왔다.

무영비를 물고 있는 두 광견은 피월려와 눈조차 마주치지 못하고 주인의 뒤로 도망갔다. 하지만 다년간 있었던 고문과 훈련 때문에 그 와중에도 무영비를 놓치진 않았다.

피월려가 손쉽게 두 비독견 앞에 섰을 때는 가도무와 비견될 정도의 마기를 뿜어냈다.

한계에 다다른 극양혈마공은 그를 완전한 마인으로 만들었고, 배처럼 한정된 공간에서는 그의 몸에서 뿜어진 마기가 중첩되었기 때문이다.

비독견은 서로의 얼굴을 보며 심상치 않다는 것을 느꼈다.

피월려는 발검했다.

그의 검은 소리가 없었다. 빠르고, 또한 정확했다.

하지만 당문의 비독견이 그 정도의 검을 피하지 못할 리 없었다. 당문의 보법은 독과 암기로 검을 상대하기 위한 독인들의 보법으로, 극한의 변화와 회피를 가진 추뢰신법(追雷身法)이다. 회피력에서만 보면 소림파의 금강부동신법이나 개방의 취팔선보(醉八仙步)보다 뛰어나다고 평을 받기 때문에, 아무리 피월려의 검술이 뛰어나다 한들 그들을 일검에 죽일 순 없었다.

두 비독견은 추뢰신법으로 뒤로 빠지면서 동시에 능수능란한 솜씨로 산(酸)을 뿌렸다.

하나는 피할 수 있지만, 다른 하나는 검으로 막을 수밖에 없다.

치이익!

역화검에 묻은 산이 기묘한 소리를 내면서 뿌연 연기를 만들었다. 어떤 철이라도 녹여 버리는 당문의 철식산(鐵食酸)이다. 검을 녹여 검공을 무용지물로 만드는 수법이었다. 하지만 두 비독견의 표정은 조금도 나아지지 않았다. 그들은 동시에 허리띠를 풀러 편(鞭)처럼 휘둘렀다. 피월려는 편의 궤도를 모조리 읽으면서 이리저리 피했다. 그러나 그들이 거리를 벌리는 것을 막을 순 없었다.

안전거리를 확보한 그들 중 왼쪽의 비독견이 침음을 흘리며 말했다.

"크흠. 철식산이 증발할 정도의 열기라니……. 무슨 마공을 익힌 거지?"

철식산은 역화검을 녹이지 못하고 역화검 표면에서 기체로 증발한 것이다. 피월려의 강력한 내력에 의해서 역화검에 닿지도 못했다. 이는 무식하기 짝이 없는 내력의 양을 말해주고 있었다.

"모르겠다. 양공 중의 양공이야. 평생 동안 본 양공 중에 가장 강력한 열기를 지녔다. 저러니 당문의 독을 무서워하지 않지."

"설마 칠소극독까지 태우는 마공은 아니겠지."

"그건 불가능해. 양기든 마기든 무형(無形)의 기운으로는 절대로 칠소극독의 독성을 이길 수 없어. 유형(有形)이 반드시 필요하다."

"그럼 답은 하나군."

"그래. 나도 그렇게 생각한다. 천년하수오에 공청석유는 물론, 마타성수까지 혼합된 만독불침은(萬毒不侵誾)이야. 그 살인적인 음기를 저 무식한 양공으로 조화를 이루고 있어."

"미친 것도 정도가 있지……."

"당문보다 더한 미친놈이 있다면 천하에 딱 한 군데지. 게다가 마공이라면……."

"천마신교."

"재수 한번 더럽군."

"어찌할까. 갑판으로 도주할까? 공자님에게도 알려야 할 거 같은데."

"천뢰폭구(天雷爆球) 남은 게 있나?"

"설마 저런 미친놈과 싸우게 될 줄 누가 알았겠나. 천뢰구(天雷球)밖에 없어."

"그걸로 저 미친놈이 멈출 것 같진 않은데."

"……."

"이럴 줄 알았으면 암기를 더 준비하는 건데. 무용지물인 독밖에 없다니."

"준비에서부터 너무 차이가 났다. 적은 만독불침은에 극한의 양공까지 있는데, 우린 천뢰폭구조차 없다니."

"당문이 준비에서 밀리다니. 이거 사문에 먹칠을 했군."

"각오에서도 밀렸다. 이제 저놈은 완전히 마기에 미쳤어. 오늘 죽을 생각으로 우리를 상대하고 있다. 더 이상 사문의 얼굴에 먹칠을 하지 않기 위해서는 우리 또한 우리의 목숨이 여기서 끝난다 할지라도 저놈들은 죽여야 한다."

왼쪽의 비독견은 잠시 말이 없었다.

"먹자고?"

"어."

"진짜 운이 지지리도 없는 날이군."

"하지만 어쩌겠어. 근거리에서 승부를 보는 수밖에."

"저놈의 발검은 소리가 없었다. 그것만 조심하면 돼."

"알아."

그 둘은 품속에서 손톱만 한 작은 단환을 꺼냈다. 둘 다 매우 망설이는 눈빛으로 그것을 쳐다봤으나, 곧 결심하고는 입에 털어 넣었다.

비독견은 피월려가 완전에 마기에 미쳐 말을 듣지 못하는 줄 알았지만, 그는 용안심공을 통해서 정신을 온전히 보전하여 논리적인 생각을 할 수 있었다. 때문에 피월려는 그들의 대화를 통해서 뜻밖의 정보를 얻을 수 있었다.

하지만 이젠 그럴 필요가 없다. 그들이 먹은 단환이 무엇이든 간에 귀찮아질 것이 분명했기 때문이다. 피월려는 즉시 달려 나가면서 검을 휘둘렀다.

하지만 그는 중간에 검을 멈춰야 했다.

갑자기 나타난 네 마리의 뱀이 공중에서 춤을 추며 피월려의 요혈을 노렸기 때문이다.

쉬이익! 쉬익!

마기가 폭주한 육체의 속도를 따라올 만큼 재빠른 그 뱀들은 피월려를 완전히 방어 태세로 몰아붙였다.

그는 역화검을 조금도 휘두르지 못하고, 전신을 움직이며 그 뱀을 피해야 했다. 하지만 시간이 지날수록 거리는 점차 가까워지기만 했다.

수가 없다.

피월려는 반탄지기를 뿜었다. 몸을 매개체로 발경하는 반탄지기는 검기를 뿌리는 것보다 수 배 이상의 내력을 필요로 했다. 순간적인 내력의 고갈이 있었지만, 다행히 네 마리의 뱀이 주춤하게 만드는 데 성공했다. 피월려는 내력을 더욱 끌어 올려 뒤로 물러났다.

"하아, 하아."

거친 숨이 절로 나오고 입에서 피 맛이 느껴졌다. 발경의 숙련도가 지극히 낮은 피월려로서는 반탄지기 한 번으로도 내력이 반 이상 날아간 것같이 느껴졌다. 하지만 만약 그렇게 해서라도 거리를 확보하지 않았다면 네 마리의 뱀에게 맹공을 당하여 한 번쯤은 공격을 허용했을 것이다. 그렇게 되면 상황이 어찌 흘러갈지는 미지수다.

단 한 번의 공격도 허용할 수 없으니 매우 까다롭다. 피월려가 즐겨 쓰는 육참골단(肉斬骨斷)의 수법을 전혀 활용할 수 없었다. 피월려는 내공을 다스리며 눈을 들어 네 마리의 뱀을 보았다. 그것은 뱀이 아니었다.

두 비독견의 검지와 중지를 교차한 상태로 양팔을 뱀처럼 구부린 것이었다. 손가락 사이에는 미약한 호롱불을 길게 반사하는 은색의 침이 있었다.

칠보사망이다.

피월려는 숨을 깊게 내쉬었다.

"방금 말한 걸 취소하겠소. 정말이지 놀라운 침공이오. 그 정도 속도라면 권공이나 지공 못지않게 빠르겠소."

비독견은 그의 말에 아무런 대답도 하지 않았다. 말이 많은 자들이 갑자기 말이 없자, 이를 이상하게 생각한 피월려가 눈초리를 모으고 그들을 보았다.

그들은 눈을 감고 있었다.

피월려는 눈을 비비고 다시 보았다. 그러나 확실히 그들은 눈을 감고 있었다. 그 궁금증을 뒤에 있던 무영비주가 해결해 주었다.

"저들이 먹은 것은 초인단(超人團)이다. 신경독을 조합하여 감각을 극대화시키는 독단이지. 문제는 너무 감각이 날카로워지다 보니 뇌가 감당할 수 없다는 점이다. 그래서 스스로 시각을 차단한다. 소리만으로도 모든 것을 파악할 수 있을 정도니 전투력에는 영향이 없다."

그의 목소리는 전과 비교할 때 너무나도 미미했다. 걱정이 되었지만 피월려는 그를 돌아보지는 못했다.

"괜찮나?"

"솔직히 거의 한계군."

"......"

"서둘러 기회를 만들어야 한다, 피월려."

"알고 있어."

피월려는 눈을 감고, 용안심공을 일으켜 지친 정신을 다독였다.

어디선가 숨어 있는 주하가 필살의 수법을 준비하고 있음이 틀림없다. 그것을 위해서 피월려가 미끼 역할이 되는 것이 계획이다. 주하에게 기회를 만들어주지 못한다면 결국은 비독견을 당해낼 수 없었다.

피월려는 마음속으로 굳은 결심을 하고는 역화검을 부서지도록 붙잡았다.

그가 말한 대로 칠보사망에 대한 공포를 몰아내지 못하면 여기서 살아남을 수 없다.

그는 돌진했다.

그의 몸이 공격권에 들어서자마자 네 개의 침은 그의 요혈을 향해 날아들었다. 피월려는 상체를 오른쪽으로, 하체를 왼쪽으로 틀면서 검을 바닥에 박아 넣었다. 그리고 동시에 두 발을 뒤로 차면서 공중으로 붕 떠오르니, 뒤틀린 하체가 제자리를 찾아가며 작은 폭풍을 만들어냈다.

쉭! 쉭! 쉭! 쉭!

네 번의 손길이 그의 몸을 벗어났다. 피월려의 자세가 워낙 급변했기 때문이었다. 하지만 피월려의 몸은 공중에 있었고,

두 비독견의 다리는 모두 땅을 딛고 있었다.

두 비독견은 동시에 붕 떠올랐다.

공중에 있는 피월려의 몸과 높이를 맞추기 위해서였다. 사마귀가 양 앞발로 먹이를 잡듯, 두 비독견의 팔이 어깨 위로 올라왔다. 공중에 멈칫한 피월려의 몸은 그것을 피해낼 재간이 없었다.

두 비독견은 완전한 공격 태세로 손을 뻗었다.

그때였다.

치이익! 치익!

공기를 가르는 두 개의 비도는 공기를 불태우는 뇌전을 품고 있었다. 주변 공기가 그 비도의 속도에 저항하기도 전에 태워지니, 비도의 궤도 앞에 진공(眞空)이 생성되었다. 공기 저항조차 받지 않으며 날아가는 그 비도는 보이지 않을 정도로 빨랐다.

전에 진파진을 죽이기 위해서 초류선이 출수한 월광비검보다 더욱 빠른 속도였다. 이 정도라면 초절정고수조차 피할 수 없을 듯했다.

하지만 초인단을 먹은 비독견은 소리에 민감하다. 생명의 위협을 무릅쓰고 복용한 독단인 만큼 그들은 짧은 시간 동안 엄청난 능력을 발휘할 수 있다. 그들은 피월려를 공격하려던 것을 즉시 멈추고는 그들에게 날아오는 비도의 궤도를 예상하고 몸을 구부렸다.

쉐에엑!

아쉽게도 두 개의 비도는 그들을 맞추지 못했다. 피월려는 설마 주하의 비도까지 실패할 줄 몰랐다. 죽음을 무릅쓰고 만든 기회이건만, 비독견에게는 그런 필살의 수법조차 통하지 않았다.

이대로 땅에 떨어지게 되면 피월려는 꼼짝없이 침에 맞게 된다.

아니, 땅에 떨어지기도 전에 다시 공격할 수도 있다.

죽음이 보인다.

바로 그 순간이었다.

"깨갱!"

"깽!"

뇌전을 담은 두 비도가 뒤에서 무영비를 물고 있던 광견 두 마리에 정확히 적중했다. 비독견은 맞추지 못했지만 뒤에 있던 두 광견은 맞춘 것이다. 광견들은 고통에 신음하며 입을 벌렸고, 그와 동시에 그들의 입에 물린 무영비가 자유를 찾았다.

혈적현은 양손을 교차하며 힘껏 무영사를 잡아당겼다.

두 무영비는 두 비독견의 머리를 정확하게 노렸다.

무영비는 본래 소리가 없다. 기감으로 찾을 수밖에 없다. 게다가 비독견은 주하의 비도를 피하느라 자세가 흐트러진 상태였다.

그들은 나름 저력을 보이며 양손을 들어 머리를 보호했지만, 내력이 실린 무영비는 그들의 양손에 구멍을 내고는 머릿속 깊숙이 박혔다.

퍽!

퍼억!

두 머리가 잘 으깨진 수박처럼 터졌다.

아슬아슬하게 빗겨간 죽음의 손길은 극양혈마공의 폭주도, 용안심공의 통제력도 잠시 마비시키는 충격을 남기고 갔다. 피월려는 땅에 안착했고 한동안 멍하니 심호흡했다.

곧 그가 고개를 들고 혈적현과 주하를 보았다. 주저앉은 혈적현을 주하가 부축하고 있었는데 둘 다 입에서 새빨간 피를 흘리고 있었다.

혈적현은 마지막에 무영비를 다루느라, 주하는 무리해서 두 개의 비도를 던지느라 내상을 입은 것이다.

피월려는 겨우 미소를 지었다.

"진짜 죽는 줄 알았다."

혈적현은 희미하게 미소를 지었을 뿐이었다. 피월려는 주하를 돌아보며 말을 이었다.

"축하하오. 그것이 새로운 뇌지비웅이오?"

주하는 입가에 피를 닦으며 고개를 끄덕였다.

"한 번에 두 개는 역시 어려웠습니다. 완벽하지도 못했고, 내상만 입었습니다."

피월려는 자리에서 일어났다.

"둘은 여기서 회복하고 바닥으로 나가는 것이 좋겠소. 이 복도에 또 어떤 독들이 숨겨져 있을지 미지수니."

"알겠습니다. 더는 도움을 드리지 못해 죄송합니다. 무운을 빕니다."

"걱정 마시오. 당환독은 내가 알아서 처리하겠소."

피월려는 바닥에 박힌 역화검을 뽑아 들었다. 그리곤 거침없는 발걸음으로 계단 쪽으로 향했다.

계단을 올라가기 전 그는 몸을 내려다보았다.

바람이 없는데 옷깃이 마구잡이로 펄럭인다.

가만히 있는데 근육이 몹시 진동한다.

바람이 찬데 몸이 타오를 듯 뜨겁다.

싸움이 끝났는데 심장이 미친 듯이 뛴다.

이 모습을 어디선가 본 기억이 난다.

"가도무……. 그 꼴까지 된 건가."

감흥이 없는 목소리였다. 하지만 사백안으로 변한 그의 눈동자는 끊임없이 흔들렸다.

피월려는 계단을 통해 뱃머리로 나갔다.

달의 기운을 받은 거친 강바람이 그의 마기를 흡수했다.

"비독견을 죽이고 올라온 것인가?"

배 끝에 서 있는 당환독은 단정한 차림을 하고 있었다. 그의 옷이나 머리, 얼굴……. 이 모든 것이 귀공자의 표본과도 같았다. 다만 검으로 목을 겨누면서, 연약한 여인을 인질로 잡고 있다는 점은 빼야 할 것이다.

진설린은 그녀의 방에서 즐겨 입는 옷차림을 하고 있었다. 반투명한 은색 나삼과 검은색의 속옷은 바람에 미친 듯이 휘날리며 극상의 미를 연출하고 있었다. 선녀와 천녀가 있다 하여도 가히 비교할 수 있을까 의문이 들었다.

매일 같이 잠자리에 들던 그 여인이 이토록 아름다웠단 말인가? 웃지 않으려던 피월려는 저도 모르게 작은 미소를 얼굴에 그렸다.

"왜 웃으시죠?"

진설린이 편안한 목소리로 물었다.

피월려는 그녀의 목소리만 들어도 마음이 안정됨을 느꼈다. 진설린을 생각하는 마음이 그 정도로 깊어서 그런 것인가, 아니면 그저 극음귀마공을 찾은 극양혈마공의 영향뿐인 것인가.

그는 알지 못했다.

"화장이 번졌소."

"그렇군요. 그렇다고 그렇게 대놓고 웃어요?"

"미안하오."

"여인에게는 좀 더 세심하셔야 돼요."

"알겠소. 다음에는 그렇게 하겠소. 그런데 한 가지 질문할 것이 있소."

"무엇이죠?"

"그건……. 당환독을 죽이고 말씀드리겠소."

당환독은 코웃음 쳤다.

"보아하니, 마기가 폭주하여 곧 죽을 것 같은데. 어찌 나를 상대하겠다는 것이냐?"

"힘으로. 보아하니 검을 익혔나?"

"그렇다."

"사천당문의 인물이 검을 익히다니, 의외로군."

"나를 분가(分家)와 동급으로 취급하지 마라. 종가(宗家)는 저급한 기술을 익히지 않는다."

"저급한 기술? 사천당문이 독과 암기를 저급한 기술이라 말할 줄 몰랐군."

"독과 암기를 저급한 기술이라 칭한 것이 아니다. 네가 상대한 비독견의 기술들이 저급하다는 것이다."

"그렇다면 종가도 독과 암기를 익힌다는 뜻이군."

"그들이 보여준 것과는 비교할 수 없는 가문의 비기들뿐이다. 혹 만천화우(滿天花雨)를 아는가?"

"듣기는 들었지."

"나는 내 만천화우를 피하지 못한 사람과는 검을 섞지 않는다. 나의 만천화우를 상대할 수 있는 자만이 진정으로 무공을 겨룰 실력이 있는 자지."

"재밌는 소리군. 그래서 만천화우를 보여주겠다고?"

"그렇다. 그것을 막으면 상대해 주마."

"여인을 납치해 놓고 이제 와서 무슨 소리인지……. 사천당문의 소문주라더니 자존심만 굴뚝같은 녀석이군."

"시답잖은 도발은 됐다. 만천화우나 막고 말해라."

당환독이 검을 내려놓았다. 그러고는 양손을 허리춤에 넣었다가, 공중으로 높게 도약하며 두 팔을 대자로 크게 벌렸다.

딱히 볼품 있는 자세는 아니었다. 그러나 그의 등 뒤에서부터 펼쳐지는 암기는 밤하늘의 별만큼이나 많았다. 마치 공작새가 아름다운 날개를 넓게 펼치는 것 같았다. 어떻게 저 많은 암기를 몸에 숨기고 있었는지, 이해가 가질 않을 정도로 많은 양이었다.

곧 그 암기는 하나둘씩 피월려에게로 떨어지기 시작했다.

팍! 팍! 팍! 파아아악!

빗줄기가 하나둘씩 떨어지다 이내 쏟아지는 것처럼, 암기 한두 개가 떨어짐과 동시에 수많은 암기가 뒤를 따라 떨어졌다.

암기 하나하나만 보면 내력이 담기지 않았고, 빠르지도 않았고, 정확하지도 않았다. 하지만 이토록 수많은 암기가 한 번에 떨어지니 조금만 실수해도 상처를 면하기 어려웠다. 독이 발라져 있다면 작은 상처도 치명적이니, 이처럼 단순하면서 절묘한 수법이 따로 없었다.

하지만 피하는 방법이 없는 것은 아니다. 모든 암기에 내력이 담겨 있지 않으니, 검을 빠르게 휘두를 수만 있다면 모두 쳐내는 것이 가능했다.

피월려는 용안심공을 극한으로 끌어 올려 역화검으로 암기를 모두 쳐내었다.

그가 쳐낸 암기만 총 마흔네 개였다. 그의 주변에 떨어진 암기까지 포함하면 백은 충분히 넘어갈 듯싶었다.

피월려는 역화검으로 당환독을 겨누면서 말했다.

"소문만큼 강하지는 않군."

"만천화우는 본래 모든 내력을 긁어모아 펼치는 것이다. 나는 내력을 전혀 사용하지 않았으니 검으로 쳐낼 수 있던 것이지, 내가 제대로 펼쳤다면 넌 이미 죽었을 것이다."

"그래? 그럼 왜 내력을 사용하지 않은 것이지?"

"너무 시시하니까. 검공으로 맞붙어보고 싶군."

오만함이 하늘을 찌른다.

피월려는 광소했다.

"크하! 크하하하! 크하하하!"

그의 웃음은 멈출 줄 몰랐다. 당환독의 얼굴이 점차 일그러지더니, 곧 추뢰신법을 펼치려 했다. 그런데 그가 움직이기도 전에, 피월려가 먼저 폭발하듯 앞으로 몸을 내던졌다. 그의 발이 닿는 곳은 나무가 견디지 못하고 푹석 주저앉았고, 나무 파편이 튀기기도 전에 그의 몸이 먼저 앞서 나갔다.

쾅!

양손으로 휘두른 역화검과 당환독의 검이 충돌했다. 사천 당문의 소문주답게 당환독은 피월려의 내력이 담긴 역화검을 한 손으로 막아내었다.

안색은 그리 좋지 않았지만, 이대로 발을 뒤로 빼는 것조차 자존심이 허락하지 않는지 억지로 내공을 운용하여 피월려의 마기에 대항했다.

피월려는 웃음이 멈추지 않았다.

그는 역화검을 거둬들였다가 다시 휘둘렀다.

아니, 집어 던졌다.

쾅!

당환독은 역화검에 담긴 내력 때문에 엄청나게 불어난 무게를 온전히 감당할 수 없었다.

그는 검을 놓쳤지만 피월려 또한 검을 놓친 격이기 때문에 상황은 비등하다고 판단했다.

아니, 오히려 자기 쪽으로 기울었다고 생각했다.

그는 당문의 종가로서 독장(毒掌)을 온전히 펼치기 위해 익힌 장공이 열 개가 넘어간다. 검이 없는 한 장공으로 승부를 보면 필승할 것이라는 자신감이 생겼다.

때문에 피월려가 내지른 주먹을 장공으로 맞승부했다.

권은 뼈와 근육을 부수고 장은 속을 망가뜨린다. 때문에 권과 장이 정통으로 부딪치면 권이 이길 수밖에 없다. 주먹 속에는 뼈와 근육 그리고 살밖에 없기 때문에 장의 효과가 급감하기 때문이다. 그럼에도 당환독은 본인의 장이 이길 것이라 믿었다.

자존심을 기반으로 한 판단.

그것이 옳을 가능성은 매우 낮았다.

우두둑!

당환독은 자기의 손바닥이 뒤로 꺾이고 있는 것을 믿을 수 없었다. 뒤로 젖혀지며 생긴 각도를 타고 피월려의 주먹이 올라오는데, 손바닥의 가죽을 모조리 쓸며 뼈와 살을 모조리 뭉개고 있었다.

본래라면 그의 장이 피월려의 손마디를 모조리 부러뜨렸을 것이다. 하지만 강대한 마기로 뒤덮인 그의 육체는 상상을 초월하는 내구력을 지니게 되어 이런 결과가 나타난 것이다.

"크으윽!"

당환독이 비명 소리와 함께 뒤로 물러섰다. 그 사실에 그의 자존심이 타격을 받기도 전에, 피월려는 빠르게 당환독의 양 손목을 낚아채서 양 손아귀에 쥐었다.

우둑! 우두둑!

반 이상으로 좁혀진 손목에서 뼈와 근육이 터지듯 삐져나왔다. 또한 갑작스레 축소한 혈관으로 혈압이 극도로 높아져 열 손가락 끝에서 손톱이 뽑혀 나오며 피를 뿜어내었다.

"크아악!"

비명을 지르는 당환독은 이리저리 몸부림치며 뒤로 발라당 넘어졌다.

그것을 놓치지 않고 피월려는 오른쪽 무릎을 들어 그의 인중에 박아 넣었다.

쿵!

인중이 가격된 머리가 마치 바닥으로 흡수되듯 폭삭 들어갔다. 그리고 그 충격이 옆으로 번져 나가면서 뱃머리 앞쪽이 부서져 내리기 시작했다.

배 끝에 서 있던 진설린도, 머리가 부서지며 죽은 당환독도, 그의 위에서 지독한 살기를 내뿜는 피월려도, 나무 파편과 함께 강으로 추락했다.

풍덩! 풍덩!

강물에 입수한 세 사람은 한동안 물 밖으로 나오지 않았다. 물이 잠잠해지기 시작할 무렵이 되자, 진설린의 허리를 끌어안은 피월려가 물 밖으로 모습을 드러냈다.

물에 젖은 마인과 선녀는 서로를 보았다.

선녀가 말했다.

"괜찮으세요?

마인이 말했다.

"괜찮소."

"당환독 공자가 죽었으니 말해봐요. 아까… 무엇을 물어보려 했죠?"

"천 공자가 말하길, 스스로 당환독과 함께 갔다고 들었소. 그 말이 사실이오?"

선녀가 대답했다.

"사실이에요."

"당환독이 약혼자라 들었소만. 혹……."

"아니요. 그에게는 아무런 감정이 없어요."

"그렇다면 왜 순순히 따라간 것이오?"

"제가 순순히 따라가지 않았다면 천 공자를 죽였을 거예요. 그래서 간 거예요."

"천 공자……."

"네. 천서휘 공자요."

"그를… 사랑하시오?"

"아뇨."

"그는 그대를 사랑하오?"

"그래 보였어요."

"역시 그랬군……. 그도 어쩔 수 없었나 보오."

"……."

"……."

"월랑."

"응?"

"나를 사랑하세요?"

"사랑하지… 않소."

"나는 당신을 사랑해요."

"아니. 당신은 나를 사랑하지 않소."

"……."

"서적에서 읽었소. 천음지체를 가진 여인은 그 음기에 이끌려 모든 남자가 사랑에 빠질 수밖에 없소. 하지만 천음지체는 음기의 집약체(集約體). 사랑의 감정을 품을 수 없소. 천음지체 본인의 생존을 위해서라도 사랑을 거부하오."

"……."

"그대가 느끼는 갈증은……. 사랑에 대한 갈증이오. 아니, 사람 자체에 대한 갈증이오. 어릴 적부터 방 안에만 갇혀 지내면서 만들어진 어둠이오. 거기에 천음지체의 음기까지 있소. 때문에 그대는 본능적으로 주변의 모든 남자를 유혹하오.

황보영도, 천서휘도, 그리고 당환독도…….”

“당환독 공자는 저를 사랑하지 않았어요.”

“그는 그대를 사랑했소. 그는 그대 앞에서 자랑하고 싶었고 부끄러워지기 싫어했소. 때문에 의미 없는 만천화우를 펼쳤고, 마공의 강함을 알고도 검을 피하지 않았고, 무리해서 뒤로 물러서지도 않았소. 그래서 허무하게 패배한 것이오.”

“…….”

“그대가 나를 사랑한다고 말한 이유는 단지 나로 하여금 그대를 사랑하게 만들기 위함이오. 그대는 나를 사랑하지 않소. 그저 갈증을 해소하기 위해 내 사랑을 원할 뿐이오.”

“…….”

“용안심공이 아니라면 나 또한 어쩔 수 없었을 것이오. 그대의 모든 손짓과 모든 몸짓, 그리고 말속에 담긴 진정한 의미를 파악하지 못했다면, 나 또한 그들처럼 그대를 사랑했을 것이오. 내 마음을 빼앗겼을 것이오.”

“…….”

“그 이후에는 아마 나에게 어떤 관심도 가지지 않겠지. 나는 그것을 아오. 그래서 그대를 사랑하지 않소. 아니… 사랑할 수 없소. 내가 살기 위해서라도……. 그대가 옆에 없다면 나는 죽는 몸이니까.”

“왜… 지금에서야 그런 말을 하시는 거죠?”

"변덕이오."

"변덕이요?"

"요즘 심해졌소."

"……."

"거짓에… 지친 것 같소."

"……."

"강대한 힘. 그것만 있다면 이렇게 살지 않아도 되오. 가도무와 같은… 그런 삶. 나는 그것을 원하오. 그것이 아니라면 이젠 사양이오."

"……."

"오늘 밤 음양합일하지 않는다면, 내일 해가 뜰 때 아마 나는 죽을 것이오. 나를 살리고 죽이는 건 당신에게 달렸소."

"……."

"내 본심을 알았으니 선택을 맡기겠소."

마인은 힘없는 눈동자를 들어 선녀를 보았다.

선녀는 울고 있었다.

"미안해요."

"괜찮소."

"정말 미안해요."

"괜찮소."

"당신의 말이 맞아요. 너무 분하고… 소름 끼치고… 화나고… 싫지만……. 그게 사실이야…….”

“…….”

“날 사랑하지 마세요.”

“걱정 마시오. 지금까지 난 어느 여인도 사랑해 본 일이 없소.”

“…….”

“…….”

선녀는 마인에게 입을 맞추었다.

차가운 강물이 흐르는 그곳에서 마인과 선녀는 하나가 되었다.

『천마신교 낙양지부』 9권에 계속…